Kreuzkogel

Eric Barnert (Jahrgang 1968) lebt in Darmstadt. Nach Jahren als Dr. rer. nat. an den Universitäten Darmstadt und Freiburg in Forschung und Lehre ist er nun freiberuflich tätig, u.a. als Berater im Weinbau sowie als Klettertrainer, Autor und Fotograf (u.a für die Zeitschrift »Klettern« und den Panico Alpinverlag). Durch die alpin-journalistische Tätigkeit und seine Leidenschaft für gute Bücher reifte auch die Idee zu seinem ersten Krimi in den Bergen, »Kreuzkogel«.

Im Alter von 14 Jahren stand Eric Barnert auf seinem ersten Viertausender, mit 16 Jahren dann das erste Mal allein. Er sammelte über hundert Erstbegehungen, vor allem in den Dolomiten, dem Verwall, dem Frankenjura, Arizona oder an den Felsen des Odenwalds, und erkletterte viele renommierte und auch weniger bekannte Berge und Wände in den Alpen und im Yosemite.

Seit 1988 ist Eric Barnert geprüfter Fachübungsleiter Alpinklettern und Hochtouren im Deutschen Alpenverein. Er war Mitglied der Präsidialkommission Sport & Umwelt im Hessischen Landessportbund und des Bundesausschusses »Klettern & Naturschutz«. Außerdem war er am Zustandekommen mehrerer Offener Hessischer Meisterschaften im Sportklettern beteiligt und dabei als Organisator, Pressebetreuer, Sponsorensucher, Schiedsrichter oder Routenschrauber tätig. Heute betreut er u.a. die Darmstädter Hütte bei St. Anton und ist in seiner Sektion für den Spitzenbergsport zuständig.

Eric Barnert

Kreuzkogel

Bergkrimi

Bergverlag Rother

Umschlagfoto: Eric Barnert
Umschlaggestaltung: Edwin Schmitt
Lektorat: Carlos Westerkamp, Berlin
Druck und Bindung: Litotipografia Alcione srl., Trento
Originalausgabe

1. Auflage 2013

ISBN 978-3-7633-7062-7

MONTAG, 17. AUGUST

1

Der Weg schlängelte sich in immer neuen Serpentinen steil empor, vorbei an rot-weißen Farbmarkierungen, die auf einzelnen Steinen am Rand feucht glänzten. Man konnte die klare Morgenluft an diesem Augusttag tief in die Lungen saugen. Sie schien Kraft zu geben, und Martin Keller wurde zusehends wacher, mit jedem Atemzug, mit jedem Schritt und jedem gewonnenen Höhenmeter. Den Duft der feuchten Erde glaubte er zu riechen, die Kräuter und Blumen der saftigen Almwiesen. Eine Bergdohle schwebte an ihm vorbei und entschwand zwischen den imposanten Wänden und Zinnen des Gebirges, das mehr als eine steinerne Kulisse für ihn war.

Endlich, dachte er, endlich bin ich hier. Er spürte, wie sich die Zeit langsam auflöste, sich alles zuvor Erlebte entfernte. Wie sehr hatte er diesen Augenblick herbeigesehnt. Er konnte gehen, wohin er wollte, so schnell er wollte, er konnte eine Pause einlegen und den kargen Proviant aus seinem Rucksack verspeisen oder etwas trinken, wo und wann es ihm beliebte. Und doch war er nicht mehr der unschuldige Entdecker früherer Tage, der die Freiheit des Bergvagabunden auf Zeit genoss. Er hatte schon lange andere Prioritäten in seinem Leben gesetzt. Eigentlich hatte er sie gar nicht bewusst gesetzt, es hatte sich so ergeben. Schließlich musste er sich bei aller Bergbegeisterung auch dem realen Leben stellen. Und dazu gehörte einen Beruf zu ergreifen, der ihn ernährte und vielleicht auch die Familie, die er gerne gründen würde, aber deren Realisierung ihm meist wie ein diffuser Traum vorgekommen war. Martin Keller glaubte trotzdem, dass auch ihm die Rolle des Familienvaters vorbestimmt war, und dass er den Weg dorthin genauso wenig wissen konnte wie das Ergebnis eines Forschungsvorhabens oder das Wetter bei einer alpinen Unternehmung. All seine Erfahrungen und Erlebnisse, alles Erlernte und Ersparte sollte doch eines Tages den eigenen Kindern weitergegeben werden, aber bislang war es nicht dazu gekommen. Vielleicht würde er mit Nadine eine Familie gründen? Sie hatten schon einmal darüber gesprochen, und sie war, so schien es, nicht abgeneigt. Aber bevor es dazu kommen konnte, musste er sein Problem lösen, das in gewisser Weise auch ihr Problem war.

Die Sonne kündigte sich mit einem rötlichen Horizont an. Er erahnte die Euphorie früherer Tage und doch fehlte das Feuer in ihm, das einmal so hell gebrannt hatte. Wo war diese überschwängliche Lebensfreude geblieben? Beschönigte er vielleicht die Vergangenheit? Er überlegte kurz: Nein, er war sich sicher, es hatte sich etwas verändert. Er war nicht mehr derselbe und er wusste auch weshalb.

Keller hatte die letzte Nacht in seinem Campingbus geschlafen, den er sich vor sechs Jahren gekauft, aber kaum genutzt hatte, obwohl er sich zuvor immer einen gewünscht hatte, als er noch viel unterwegs war. Als er dann vor seiner Tür stand, war dieser Bus eine Insel der Freiheit, ein Überbleibsel seines alten Lebens, das sich zusehends verlor und schließlich nur noch die theoretische Möglichkeit verkörperte, aus den neuen Realitäten auszubrechen. Bis er durch einen Zufall Nadine kennenlernte.

Am vorigen Abend war er hergekommen, im Dunkeln noch über die nicht geteerte und nur für Anrainer zugelassene Almstraße zu seinem Übernachtungsplatz auf gut zweitausend Metern hinaufgefahren, hatte ein paar Scheiben Brot gegessen, eine Flasche Bier getrunken und war in seinen Schlafsack gekrochen. Die Wettervorhersage, die er auf der Anfahrt im Radio gehört hatte, sprach von vereinzelten nachmittäglichen Schauern oder Wärmegewittern, und so hatte er sich spontan für diese Tour entschieden.

Als er zu Hause losgefahren war, hatte er kein konkretes Ziel gehabt, es war die Sehnsucht, die ihn aufbrechen ließ, die Sehnsucht nach einer vergangenen Zeit, in der ihm alles klar und einfach erschien, keine Verantwortung auf ihm lastete und, was heute sicher noch schlimmer war, kein diffuses Gefühl der Schuld.

Nach einer kurzen Nacht piepste sein Mobiltelefon. Er schaltete den Wecker aus, stellte beruhigt fest, dass er keinen Empfang hatte, zog sich an, kochte sich einen Tee, frühstückte gemächlich und packte seinen Rucksack. Schließlich warf er noch einen Blick auf die Karte. Dann brach er in der Dämmerung auf.

Der Himmel war klar und wolkenlos. Er hatte diese Tour schon einmal vor vier Jahren gemacht, aber alles sah anders aus als in seiner Erinnerung. Fest entschlossen, den Nebel der Vergangenheit zu vertreiben, wollte er sich diesen Flecken Bergwelt wieder erobern, so als könnte er dadurch den Graben überwinden, der zwischen seinem früheren und seinem heutigen Leben klaffte. Unbewusst hoffte er, dadurch die innere Ruhe wiederzuerlangen, die ihm irgendwann verloren gegangen war. Als erfahrener Bergsteiger ging er gemächlich los, auch weil er noch müde war. Er gewann nur langsam an Höhe.

Doch nun war er wieder dort, wo er einst glückliche Tage verbracht hatte. Er merkte, wie sein Kreislauf langsam auf Touren kam und spürte die Wärme, die seinen Körper durchdrang, während er Kehre um Kehre des schmalen Pfades hinaufstieg. Nachdem er eine gute Stunde bergan gestiegen war, ging die Sonne auf und er fühlte sich wach und lebendig bis in die letzten Fasern seines Körpers. Gleichzeitig musste er feststellen, dass er nicht mehr so gut zu Fuß war, aber das machte nichts, er hatte sich ein harmloses Ziel ausgesucht, welches sich auch im halben Tempo bewältigen lassen sollte. Mit seinen ein Meter vierundachtzig wirkte er zwar immer noch schlank und sportlich, die Waage hatte ihm aber erst vor ein paar Tagen wieder einmal verraten, dass er zu seinen Glanzzeiten ein paar Kilo weniger gewogen hatte. Auch die ansehnlichen Geheimratsecken, die sich tief in seine kurzen, dunkelblonden Haare vorgearbeitet hatten, waren dem Umstand zu verdanken, dass er die vierzig schon vor gut drei Jahren überschritten hatte.

Kurz bevor er die Scharte erreichte, an der ein luftiger Grat begann, den er zu überklettern gedachte, während der Wanderweg über steiles Geröll hinab ins südlich gelegene Kaltertal führte, streifte ihn der erste Sonnenstrahl. Froh und seltsam erleichtert setzte er sich und aß einen Müsliriegel. Sein Blick reichte jetzt weit über das benachbarte Tal auf die gegenüberliegenden Gipfel. Auf manchen von ihnen hatte er schon gestanden. Doch auch sie schienen sich inzwischen verändert zu haben. Trotzdem war er erfreut und fühlte ein wenig dieses ursprünglichen Glücks, das er immer geliebt hatte. Ein Glück, welches ihm die Berge aus freien Stücken schenkten, wenn er sich ihnen hingab. Keine Willkür oder Schufterei eines anderen Menschen hatte das bisher verhindern können. Das Bergsteigen, in all seiner Vielfalt, war immer ein ehrliches Geschäft, das nur die höhere Macht des Wetters zu verhindern wusste.

Nach einer halben Stunde Pause blickte er auf seine Multifunktionsuhr und entschloss sich zum Aufbruch, es war kurz vor acht. Etwas in ihm hätte am liebsten den ganzen Tag hier verdöst, um dann nachmittags gemütlich hinab zum Auto zu schlendern, aber nach kurzem Zaudern verwarf er diese Anwandlung. Das hätte ihn nicht befriedigt, er brauchte mehr, eine richtige Bergtour und keine halbherzige Wanderung. Er zog seine Kletterschuhe an, verstaute seine Wanderstiefel und seine Jacke im Rucksack, setzte seinen Helm auf und begann in der wärmenden Morgensonne den Westgrat auf den Roten Kreuzkogel zu erklettern. Das Gestein war zwar nicht immer fest, dafür war es nur eine eher harmlose Kletterei, die sich bis auf zwei Stellen im dritten Schwierigkeitsgrad immer in leichterem Fels abspielte. Trotzdem gehörte diesmal Überwindung dazu, sich in diese Luftigkeit zu begeben, die er hier früher gar nicht wahrgenommen hatte und die ihn nun etwas beeindruckte.

Ein wenig stockend und verunsichert stieg er die ersten steileren Meter den Grat empor und umging einen Turm auf der kalten Nordseite, auf der noch ein paar Reste von Schnee überdauert hatten, der unter seinen Sohlen knarrte. Es hatte nachts etwas gefroren, denn immerhin war die Scharte schon rund 2800 Meter und der Gipfel gut 3100 Meter hoch.

Nach ein paar leichteren Passagen fühlte er sich zunehmend sicherer und musste nun die erste der beiden schweren Stellen bewältigen. Glücklicherweise waren diese nicht so ausgesetzt. Im Falle eines Sturzes wäre er zwar unsanft auf dem breiten Band unterhalb der Passage gelandet, aber eben nicht im einige hundert Meter tiefer gelegenen Kar. Ein breiter Riss führte durch eine glatte, geneigte Platte, man konnte die Füße meist auf Klemmblöcke innerhalb stellen, nur auf einer Länge von zwei Metern war es notwendig, die Kletterschuhe und Fäuste etwas im Riss zu verklemmen und auf deren Reibung zu vertrauen. Und eben das gefiel Martin Keller nicht, obwohl er wusste, dass er sich hier, gemessen an seinen früheren Unternehmungen, in lächerlichen Schwierigkeiten bewegte. Also ließ ihn sein Stolz zwar zittrig, aber flüssig weitersteigen.

Am Ende der glatten Stelle fehlten ihm nur wenige Zentimeter zu einem vielversprechenden Griff, als ihn ein Anfall von Unsicherheit stocken ließ. Er spürte, wie ihm plötzlich kalter Schweiß ausbrach, und sein Gehirn kreiste ausschließlich um zwei Gedanken: Wie komme ich an diesen Griff, und was passiert, wenn ich hier hinunterfalle? Den zweiten Gedanken konnte er verdrängen, nachdem er die lähmende Panikattacke überwunden hatte. Nach kurzer Analyse sah er links oberhalb auf der Platte ein kleine Leiste, auf die er antreten konnte. Würde er nun den anderen Fuß ein Stück höher im Riss verklemmen, müsste er den Griff erreichen können. Als er schließlich den Arm ausstreckte und den Griff ertastete, war dieser von komfortabler Größe und rettete ihn aus seiner bedrohlichen Lage.

Sosehr er sich freute, diese Passage gemeistert zu haben, wusste er doch auch, dass er hier nicht wieder hinabklettern wollte. Aber das hatte er ja ohnehin nicht vorgehabt. Er wollte den Roten Kreuzkogel überschreiten, um den leichteren Nordgrat absteigen zu können, der ihn zur Oberwiesler Alm bringen würde. Diese war bewirtschaftet und er wollte dort übernachten.

Langsam stieg er weiter, sein Ziel war es, die zweite Schlüsselstelle sauber hinter sich zu bringen, dann sollte die Tour im Prinzip geschafft sein. Er hatte jetzt keine Zeit, sich mit seinen Schwächen auseinanderzusetzen, es hätte ihm auch nichts geholfen. Sosehr er eine beklemmende Anspannung verspürte, sosehr erregte ihn diese Situation auch. Er spürte förmlich das Adrenalin in seinen Adern seit diesem kurzen Moment der Unsicherheit.

Es folgten ein paar hundert Meter in leichterem Gelände und schließlich stand er unterhalb des letzten Turms, der üblicherweise direkt erklettert wurde. Hier war der Grat besonders schmal, die Kletterei besonders luftig und ein Fehler hätte mit ziemlicher Sicherheit einen kapitalen Absturz zur Folge gehabt. Die Platte führte an den Fuß einer Verschneidung, die senkrecht, aber einigermaßen griffig auf den Turm führte. Er bläute sich ein, dass diese Passage lediglich im Kopf zu bewältigen sei, denn die Kletterei war einfach, nur fand sie in einer einschüchternden Umgebung statt.

Martin Keller war kein ängstlicher Mensch und bis jetzt hatte er auch schwierige Touren ohne größere Blessuren überstanden. Die Fähigkeit, im richtigen Moment einen kühlen Kopf zu bewahren, verlernt man nicht, sagte er sich und kletterte langsam los. Er stellte sich vor, er befände sich nur wenige Meter über einer ebenen, weichen Wiese im heimischen Klettergarten, und das half ihm auch zunächst.

Nach etwa acht Metern erreichte er die Verschneidung und begann in ihr hochzuspreizen. Die Spalte in ihrem Grund öffnete sich zu einem Schulter- und schließlich zu einem Körperriss. Unwillkürlich kroch er hinein und schrubbte in diesem Sicherheit versprechenden Schlund höher. Das funktionierte recht gut – bis sein Rucksack stecken blieb. Das fehlte noch, es waren doch nur noch zwei Meter!

Er hatte sich derart tief in den Körperriss hineinmanövriert, dass er sich fast nicht mehr bewegen konnte. Seine Beine fingen an zu zittern und ein dumpfes Gefühl irgendwo zwischen Angst und Ärger bemannte sich seiner. Es musste jetzt doch noch irgendwie aufwärtsgehen! In einem Anfall von Urgewalt stemmte er sich höher und hörte ein reißendes Geräusch: der Rucksack! Seine Trinkflasche und ein paar andere Gegenstände klimperten unter ihm auf die Felsen und verschwanden in der Tiefe.

„Scheiße!", schrie er und saß wenig später atemlos auf dem Turm. Neben der Flasche fehlten auch seine Brotzeitdose, der Fotoapparat und seine Handschuhe. Er nahm die Rolle Verbandstape aus seinem Erste-Hilfe-Päckchen und klebte das Loch im Rucksack zu.

Es ist nichts passiert, andere mussten schon für weniger ihr Leben lassen, beruhigte er sich, ich hab's geschafft! Doch gleichzeitig war ihm klar, dass er heute ein zu großes Risiko eingegangen war. Er hatte gedacht, er könne seine Tourenplanung nach seinen alten Fähigkeiten gestalten, aber damit hatte er eindeutig falschgelegen.

Er saß noch einen Moment und wartete darauf, dass es in ihm wieder ruhiger wurde, aber das geschah nicht.

Nichts wie weg hier, dachte er dann und kletterte über die leichten Felsen dem Gipfel entgegen. Das Gipfelkreuz saugte ihn förmlich an. Insgeheim hoffte er, noch andere zu treffen, die vielleicht auf einer leichteren Route zum Gipfel gelangt waren und mit denen er hätte absteigen können. Auch war er trotz allem stolz auf seine Leistung und hätte gerne etwas Anerkennung erhalten.

Als er schließlich oben ankam, war jedoch weit und breit kein Mensch zu sehen. Stattdessen bemerkte er mächtige Kumuluswolken auf der Südseite und beschloss, sofort abzusteigen. Eigentlich hatte er auf dem Gipfel rasten und seine Tour genießen wollen, aber er war zu aufgewühlt. Auch ängstigte ihn das Wetter derartig, dass man ihn hätte zwingen müssen, auch nur eine Minute länger hier oben zu bleiben. Seine Uhr zeigte Punkt zwölf. Nein, ich bin nicht mehr derselbe, schoss es ihm durch den Kopf, früher wäre ich locker geblieben, aber früher war ich auch schneller.

Er rannte auf losen Trittspuren bergab, und als er sich eine Viertelstunde später umsah, musste er feststellen, dass der Gipfel schon in den Wolken verschwand. Er stieg weiter ab und fragte sich nach einer Weile, ob das wirklich die Unternehmung war, die er sich gewünscht hatte. Wohl kaum, dachte er, als sich die Wolkendecke langsam, aber bedrohlich über ihn senkte. Fortan orientierte er sich nur noch an vereinzelten Markierungen, Trittspuren und Steinmännern. Wenig später trafen ihn erste Tropfen und der Regen begann dunkle Flecken auf die Steine zu zeichnen.

Als es richtig anfing zu schütten, war er am Fuß des Nordgrats, der ihn wegen der Nässe länger als erhofft beschäftigt hatte. Als das erste Grollen zu hören gewesen war, hatte er sofort seine Regenjacke angezogen, seinen Helm abgesetzt, die Kapuze über den Kopf gezogen und die Schuhe gewechselt. Die Luft um ihn herum wirkte nun gelblich und das Donnern kam immer näher. Es war ihm klar, was das bedeutete, und er begann, von einer Urangst ergriffen, die spärlich bewachsenen Hänge hinunterzurennen.

Mit schnellen kurzen Schritten, möglichst weich in den Knien federnd und schließlich in einer Geröllhalde abfahrend, raste er bergab, als ein Blitz laut krachend in den Bergrücken neben ihm fuhr. Das gleißend helle Licht blendete ihn und er warf sich zu Boden, er zitterte, er hatte Angst. Doch sofort rappelte er sich auf und rannte weiter, ergriffen von Panik sprang er nur noch in Rinnen bergab, immer wieder von donnernden Blitzen umgeben, bis er den ebenen Talboden der Oberwiesler Alm erreichte und merkte, dass der Abstand zwischen Blitz und Donner wieder größer wurde.

Unwillkürlich verlangsamte er seinen Schritt, auch weil er nicht wie ein angsterfüllter Derwisch in die Hütte der Alm stürzen wollte, auf die er sich, je länger die Tour dauerte, zunehmend gefreut hatte. Ja, man konnte fast sagen, sie war sein eigentliches Ziel, auch wenn er, freilich auf dem direkten Weg von seinem Bus aus, schon vor vier Stunden entspannt und trockenen Fußes hier hätte eintreffen können. Aber das war inzwischen nebensächlich, vom Verlust seiner Ausrüstungsgegenstände mal abgesehen.

Ungefähr fünfhundert Meter vor der Alm piepste sein Mobiltelefon. Er hatte es angelassen, doch er beschloss, erst unter dem Vordach der Hütte nach der SMS zu schauen, die er gerade bekommen hatte.

Die Wiese dampfte und der Regen ließ nach, als er sich der Hütte näherte. Er konnte erste Stimmen hören und der Schornstein rauchte einladend. Eine urtümliche Wärme und ein Gefühl der Euphorie begannen sich in ihm auszubreiten. Ja, er glaubte feststellen zu können, dass er gerade richtig glücklich war. Es war noch mal gut gegangen. Er würde nun eintreten, sich ein Bier und etwas zu essen bestellen und sich auf die Bank am Ofen setzen, wenn dort noch etwas frei wäre.

Nachdem er den Rucksack unterm Vordach abgesetzt hatte, öffnete er die Deckeltasche. Er ließ seine Geldbörse in die Hosentasche gleiten und schaute auf sein Handy. „Eine

Kurznachricht erhalten“, stand da. Er öffnete sie und begann zu lesen:

Wo bist du, Martin? Erreiche dich nicht, zwei Männer waren hier, wollten mit dir reden, bitte melde dich! Ich liebe dich, deine Nadine

Martin Keller starrte einen Moment regungslos auf sein Telefon und zwei Tränen liefen ihm über die Wangen.

2

Er hatte sie beruflich kennengelernt. Eines Tages Ende Mai saß er in seinem Büro oberhalb von Konstanz, als das Telefon klingelte.

„Keller, Europharma."

„Mercier, ich bin Ärztin bei Professor Strattmann in der Albtraufklinik. Sie sind doch der Stufenplanbeauftragte für CC-784?"

„Ja, der bin ich. Gibt es etwas Neues?"

„Nun, möglicherweise schon. Professor Strattmann ist im Ausland und ich habe hier eine Komplikation bei einem Patienten, die ich Ihnen melden möchte. Auch im Sinne des Patienten wollte ich Sie in Kenntnis setzen. Ich bin mir nicht sicher, ob wir das Medikament weiter verabreichen sollten."

„Um was für eine Komplikation geht es?"

„Es handelt sich offenbar um eine transitorische ischämische Attacke oder einen Schlaganfall. Wir haben noch keine Bildgebung, wollen diese aber gleich durchführen und anschließend entscheiden, ob wir gegebenenfalls intervenieren."

„Was hat er denn für Symptome?"

„Er spricht undeutlich, hat Lähmungserscheinungen in der rechten Gesichts- und Körperhälfte."

„Könnte ich bitte die Patientennummer haben?"

„Es ist der Patient CC-784-32-07."

„Einen Moment, ich sehe mir seine Daten an."

Keller öffnete das Profil des Patienten auf seinem Computer, las und überlegte. Dann schaute er in seinen Terminkalender, obwohl er eigentlich wusste, dass nichts Bedeutendes mehr anstand.

„Hm. Darf ich mir den Patienten vielleicht mal anschauen? Ginge das?"

„Wenn Sie möchten, gerne. Sie sollten dann aber am besten sofort kommen."

„Gut, ich bin in eineinhalb Stunden bei Ihnen."

„Der Patient liegt auf Zimmer 117, sofern er nicht noch bei Untersuchungen ist. Bis nachher."

Zehn Minuten später saß er in seinem Firmenwagen und blickte über dessen Stern auf die Autobahn in Richtung Böblingen. Eigentlich war es eher selten bei Europharma, dass sich der Stufenplanbeauftragte selbst vor Ort begab. Aber einerseits wollte er, als persönlich haftender Verantwortlicher für die Arzneimittelsicherheit dieser Studie, keinen Fehler machen, und andererseits hatte sich die Stimme am anderen Ende der Leitung derart sympathisch angehört, dass ihm die Entscheidung leichtfiel. Dr. Mercier hatte eine eigentümliche, sehr charmante Dialektfärbung, die er noch nicht recht deuten konnte; später erfuhr er, dass sie aus dem Elsass stammte.

Als er ihr schließlich auf einem Gang der Klinik gegenüberstand, überstieg ihr Anblick seine Erwartungen so eklatant, dass er merkte, wie gehemmt er plötzlich war und, schlimmer noch, rot anlief. Sie trat auf ihn zu und gab ihm die Hand. Er hätte sie am liebsten nicht wieder losgelassen.

„Dr. Nadine Mercier" stand auf dem Namensschild an ihrem weißen Kittel. Sie war vielleicht eins siebzig groß und sportlich. Ihre braunen Haare hatte sie zu einem Zopf geflochten, was ihr anmutiges Gesicht und ihre schönen braungrünen Augen noch betonte. Er senkte kurz seinen Blick und musterte unwillkürlich ihre Beine, die in Tennissocken und weißen Sportschuhen steckten und doch sehr hübsch anzusehen waren.

Sie schien seine Unsicherheit bemerkt zu haben und blickte ihn mit ihren wundervollen Augen auf eine Art an, die eine heimelige Wärme in ihm aufsteigen ließ und ihm seine Sicherheit zurückgab, ihn aber gleichermaßen verzauberte.

Nachdem der dienstliche Teil vorüber war, lud er sie zum Essen ein und sie lächelte ihn daraufhin mit einem Gesichtsausdruck an, der ihm mehr als eine Ermutigung signalisierte, es lag schon fast eine Antwort darin. Diese Magie der unwiderstehlichen gegenseitigen Anziehung war für Keller ein Wunder. Er hatte so etwas noch nie erlebt, nein, er hatte sogar schon den Glauben daran verloren, dass ihm so etwas noch passieren könnte.

Beim Essen hatte sie ihm erzählt, dass ihre Vorfahren als Weinbauern zu Zeiten Napoleons aus dem Burgund ins Elsass eingewandert waren. Während sich auch heute noch einer ihrer Onkel dem Weinbau widme, sei ihr Vater ebenfalls Arzt, Allgemeinmediziner mit einer Praxis in einem kleinen Ort südwestlich von Straßburg namens Châtenois. Ursprünglich hatte sie die Praxis eines Tages übernehmen wollen, dann aber Karriere in Deutschland gemacht, und so würde es wohl nicht mehr dazu kommen. Keller war fasziniert von ihrem Gesicht, das ihn im Schein der Tischkerze anstrahlte, von ihren dunklen Augen, die ihn wie funkelnde Murmeln fixierten und von denen er seinen Blick nicht lösen konnte. Schließlich verabredeten sie sich für den nächsten Nachmittag.

Am folgenden Tag besuchten sie nochmals gemeinsam den Patienten, dessen Symptome mittlerweile verschwunden waren, gingen gemeinsam dessen Befund durch und anschließend lud sie ihn in eine kleine Gaststätte bei ihr um die Ecke ein. Nach einem Verdauungsspaziergang waren sie zu ihr gegangen, sie hatten sich angelächelt und er hatte mit klopfendem Herzen ihre Hand berührt und schließlich ergriffen. So durchquerten sie den Hof, stiegen das Treppenhaus hinauf und küssten sich zum ersten Mal, nachdem sie hinter ihm die Tür geschlossen hatte.

Die anschließende Wohnungsbesichtigung, immer wieder von Zärtlichkeiten unterbrochen, endete im Schlafzimmer, das sie bis zum Morgen nicht mehr verließen. Ihre Liebesnacht hatte nichts Animalisches, nichts von rasendem Verlangen, es war einfach ebenso natürlich wie selbstverständlich, und dabei lustvoll und erfüllend.

Als er am nächsten Morgen neben ihr erwachte, betrachtete er sie, streichelte über ihre weiche Haut, hörte ihr wohliges Knurren, genoss es, wie sie sich an ihn schmiegte, ihre Wärme, ihren Duft und sein wieder aufkeimendes Verlangen. Er war glücklich und mit sich im Reinen. Und er war sich sicher, dass sein in den letzten Jahren so farbloses Leben gerade eine ganz und gar positive Wendung genommen hatte.

Ob seine Kollegen etwas gemerkt hatten von seinem Wandel in den folgenden Wochen, ob sie ahnten, dass er nicht mehr solo, sondern glücklich verliebt war? Um diesen Verdacht nicht zu nähren, versuchte er sich wie immer zu verhalten. Trotzdem merkte er ständig, wie sehr ihn der Umgang mit ihr verzückte, und er glaubte auch in ihren Augen ein Glänzen zu sehen. Und diesen Zauber nahm er mit in die Firma. Nun ging er täglich mit einer fiebrigen Freude zur Arbeit und wartete nachmittags nur noch auf den Dienstschluss, um sie zu treffen. Er freute sich auf ihren Duft, ihre Stimme, die Gänsehaut, wenn sie sich berührten, das Gefühl, zusammen die Zeit anhalten zu können, für ein paar Momente, eine Nacht oder ein gemeinsames Wochenende.

Nach einem knappen Monat tauschten sie die Wohnungsschlüssel.

Das war nun ein paar Monate her, und da es beiden am Bodensee besser gefiel, wohnten sie inzwischen im Grunde bei ihm, wenn es ihre Dienstpläne zuließen. Eigentlich, sagte er sich, war alles wunderbar, unglaublich schön und genau so, wie er es sich immer erträumt hatte. Und er empfand es als ungerecht, dass ausgerechnet jetzt diese Probleme auftraten.

3

Es war kurz nach zwei Uhr mittags, als Keller die Hütte betrat. Er hatte eine Weile davor gestanden, um durchzuschnaufen und seine Fassung wiederzufinden. Auch jetzt war er immer noch berührt, aber nicht unglücklich, im Gegenteil.

Nadine war sein persönlicher Glücksfall, sie war es, auf die er so lang gewartet hatte, da war er sich sicher. Wann hatte er das letzte Mal so tief empfunden? Er konnte sich an keine vergleichbare Gefühlsregung in den letzten Jahren erinnern. Wahrscheinlich hatte es eine ähnlich emotionale Situation überhaupt nur einmal in seinem Leben gegeben. Nach dem Autounfall kurz vor dem Abitur, der eine einschneidende Erfahrung war. Seine erste Freundin Antje Kern war damals gefahren und schwer verletzt worden. Sie kannten sich von der Schule und waren seit fast zwei Jahren unzertrennlich gewesen. Es geschah auf dem Weg zu einer Geburtstagsparty, die sie gemeinsam besuchen wollten, etwas außerhalb ihrer Heimatstadt Bruchsal.

Er war danach so oft wie möglich bei ihr gewesen und versuchte, sich aufopfernd um sie zu kümmern. Durch diese Erfahrungen beschloss er, Zivildienst als Rettungssanitäter zu leisten, denn noch nie hatte er sich so hilflos gefühlt wie nach diesem Unfall. Anschließend wollte er Medizin studieren, das stand von da an für ihn fest. Er hatte gelernt wie niemals zuvor, um den Numerus clausus für das Studium zu packen.

Antje hatte es da schwerer, sie schaffte zwar das Abitur, die Lerndefizite durch ihre lange Auszeit führten aber zu einer schlechteren Durchschnittsnote. Trotzdem hatte sie dann noch einen Studienplatz für Architektur in Karlsruhe bekommen.

Nach dem Zivildienst stürzte auch er sich ins Studium, allerdings in Freiburg. Wenig später hatten sie sich dann getrennt. Er konnte heute noch nicht verstehen, warum seine erste und innigste Partnerschaft so enden musste.

In den folgenden Jahren hatte er ein paar kürzere Beziehungen und Affären mit zumeist Kommilitoninnen gehabt. Eine wirklich tiefe, krisenfeste Beziehung war nicht dabei. Die einzige krisenfeste Liebe, die er pflegte, war die zu den Bergen. Vor allem mit seinem Freund Kurt war er so oft wie möglich unterwegs.

Als er dann promovierte und als Arzt im Praktikum arbeitete, wurden die alpinen Unternehmungen schon deutlich weniger. Während seiner Zeit in der Onkologie, bis er schließlich Facharzt wurde, war es noch schwieriger, in die Berge oder zum Klettern zu kommen. An eine erfüllende, vertrauensvolle Beziehung, wie seinerzeit mit Antje, dachte er nicht mehr.

Dann kam seine Anstellung bei der Europharma in Konstanz. Anfangs war damit alles besser. Es war sogar so, wie er es sich immer gewünscht hatte. Er hatte mehr Geld, mehr Freizeit, mehr Kompetenzen, einen Chef, der ihn förderte, und er war näher an seinen geliebten Bergen. Nur eine Frau, mit der er eine wirklich innige Zweisamkeit oder vielleicht sogar Kinder hätte haben können, gab es nicht. Trotz dieser nun doch aufkeimenden Sehnsucht nach einem warmen Nest und einer liebenswerten Partnerin ging es ihm in dieser Zeit eigentlich prächtig.

Doch nach zwei, drei Jahren wurde es auch bei der Europharma für ihn stressiger. Und als er schließlich Stufenplanbeauftragter der Firma geworden war, hatte er gar keine Zeit mehr. Die Firma expandierte, stellte aber kaum zusätzliches Personal ein. Spätestens ab diesem Zeitpunkt hatte er nur noch funktioniert. Er war ein Hamster in seinem eigenen Laufrad geworden und hatte es nicht bemerkt. Vielleicht war es richtig, sich davon zu befreien?

Aber er hatte auch Zweifel. Es war doch nicht alles schlecht, er konnte sich manches leisten, warum sollte er nun alles infrage stellen? Oder war es die sagenumwobene Midlifecrisis, die ihn jetzt diese Dinge tun ließ? Vor Kurzem hatte er sie noch für ein modernes Märchen gehalten, gegen das er immun sei.

Keller setzte sich neben den schönen Kachelofen, nachdem er seine nassen Sachen darüber aufgehängt hatte. Der kleine Gastraum der Oberwiesler Alm war zur Hälfte voll. Keller überflog die kurze Karte und entschied sich für die Käsespätzle mit Salat, eine Apfelschorle und ein Weißbier. Er hatte Hunger und noch viel mehr Durst, seine Trinkflasche war schließlich schon vor etlichen Stunden im Abgrund verschwunden. Der Wirt, Josef Brugger, kam aus der Küche und strahlte ihn an.

„Na servus, wen hammer denn da? I hab di am Fenschter scho kommen sehn. Du woarst aber au scho länger nit mehr doba?“, begrüßte er ihn mit leidlich gebändigter Tiroler Mundart und stellte ihm gleichzeitig einen Begrüßungsschnaps auf den Tisch. Brugger war knapp einen Meter achtzig groß, hatte kräftige, kurze schwarze Haare, die von grauen Strähnen durchsetzt waren, und lächelte ihm mit seinen ruhigen braunen Augen zu. „Hast was klettert?“

Keller erwiderte den Gruß, bedankte sich und berichtete kurz von seiner Überschreitung des Roten Kreuzkogels, wie schön es war, dass er aber bereits mittags im Gewitter gelandet sei und dass die Meteorologen sich offenbar mal wieder ordentlich geirrt hätten. Von seiner Angst und seinem Missgeschick erzählte er nichts, es war ihm peinlich und er hatte bereits begonnen, es zu verdrängen. Anschließend bestellte er und der Wirt verschwand dienstbeflissen in der Küche.

Nadine war am Sonntagmittag nach Böblingen gefahren, um ihre Spätschicht anzutreten. Diese hatte sie auch am heutigen Montag. Ab morgen würde sie wieder den normalen Dienst haben. Sollte er sie anrufen? Nein, jetzt noch nicht.

Er wollte noch etwas die Stimmung auf der Hütte auskosten, das hatte er sich verdient. Außerdem hatte seine Flucht aus Konstanz einen Grund und er musste sich erst einmal darüber klar werden, was weiter zu tun sei. Schließlich wollte er sie nicht noch mehr in die Sache hineinziehen.

Wenige Augenblicke später hatte er eine kleine Plastikflasche Apfelschorle mit Glas und ein Weißbier vor sich. Er goss die Schorle ein, trank sie in wenigen Zügen aus und beschloss, die Plastikflasche als Trinkflasche zu behalten.

Auf seinem Tisch stand eine kleine Vase aus blau lasiertem Steingut, gefüllt mit bunten Bergblumen, die der Wirt offenbar rund um die Alm gepflückt hatte. Er stellte sie etwas zur Seite. Keller mochte Blumen, aber nur, wenn sie sich noch auf der Wiese befanden und nicht von ihren Wurzeln getrennt waren. So hatten sie für ihn etwas Trauriges, eine Ahnung der kurzen Zeit, die ihnen noch blieb, bevor sie verwelkten, was ihm zuwider war.

Zum ersten Mal ließ er seinen Blick über die anderen Gäste gleiten. Es waren allesamt Wanderer, die hier auf dem Höhenweg von Hütte zu Hütte liefen. Eine sechsköpfige Gruppe von Männern unterschiedlichen Alters saß am Tisch gegenüber. Sie unterhielten sich kaum und waren mit ihren deftigen Gerichten beschäftigt.

Ein junges Pärchen Anfang zwanzig saß in der gegenüberliegenden Ecke unter einem Kruzifix und unterhielt sich leise. Sie war blond und zierlich, mit einem burschikosen Pagenschnitt und blauen Augen, die ihr Gegenüber liebevoll anschauten. Er war ein drahtiger, sportlicher Typ von mittlerer Größe mit grünen Augen und einer rot-braunen Lockenmähne, die er zu einem Zopf zusammengebunden hatte. Unter dem Tisch hielten sie Händchen und man ahnte, dass sie sich offenbar in der ersten, besonders innigen Phase gegenseitiger Zuneigung befanden. Sie hatten die Wanderkarte vor sich ausgebreitet und pickten gemeinsam von einem Teller mit gewürfeltem Almkäse und etwas Brot. Es war ein schönes Bild und Martin Keller musste unwillkürlich lächeln. Er konnte sich gut in die beiden hineinversetzen, aber er fragte sich auch, wann er Nadine wiedersehen würde. So unschuldig würde ihr Zusammentreffen aller Voraussicht nach nicht sein.

„So, bitte, einmal Kaasspatzen, der Herr, und ein Salat, an Guaten!“, sagte der Wirt, zwinkerte ihm aufmunternd zu und stellte die Teller vor ihm ab.

„Habt ihr noch ein Lager frei, Josef?“, fragte Keller.

„Ja, klar, Martin, haben wir, Lager zwei, Treppe hoch, rechts, kannscht dir eins aussuchen“, entgegnete Brugger. Gleich darauf drehte er sich um und nahm eine weitere Getränkebestellung am Tisch gegenüber auf.

Keller genoss einen tiefen Schluck aus seinem Weizenglas und begann zu essen. Eines hatte sich nicht geändert: Es schmeckte wunderbar nach einer Bergtour.

Die Laune, aber auch der Lärmpegel der Mannschaft am Tisch gegenüber stieg zusehends mit dem Quantum an bewältigten Getränken. Als Keller fertig war, stand er auf und ging etwas benebelt nach draußen. Der Schnaps auf den leeren Magen und das Bier hatten ihre Wirkung nicht verfehlt. Er wollte seine Ruhe haben. Also setzte er sich auf die Bank unter dem Vordach der Hütte. Sollte er morgen zurückfahren? Sollte er bleiben? Oder erst mal telefonieren?

„Zwei Männer wollten mit dir reden“, hatte Nadine geschrieben. Wer und warum? Vielleicht wegen der Studie? Das konnte eigentlich nicht sein, er hatte den Bericht noch nicht weitergegeben. Er war vorsichtig gewesen, auch weil er sich noch nicht endgültig entschieden hatte. Hatten sie sein Verhältnis zu Nadine herausgefunden und daran etwas auszusetzen? Nein, das wäre doch eigentlich absurd. Aber warum waren sie bei ihr gewesen? Sie war doch gar nicht mehr an der Studie beteiligt. Er beschloss, eine Nacht darüber zu schlafen. Heute Abend würde er Nadine eine Antwort schreiben und ihr sagen, dass alles in Ordnung sei und dass sie sich nicht sorgen solle.

Die Wiesen waren wasserdurchtränkt und die Tropfen perlten von den bunten Almblumen herab, die stolz ihre filigranen Blüten emporstreckten. Und auch wenn diese irgendwann verwelkten, würden die Pflanzen wieder neue erblühen lassen. So musste es sein.

Es regnete noch immer und er hörte neben sich das Plätschern der Dachrinne. Der Rote Kreuzkogel war irgendwo gegenüber in den Wolken verschwunden. Martin Keller fühlte die Schwere seiner Glieder, das Sättigungsgefühl und den leichten Rausch. Es war ruhig in ihm. Er hatte sich nichts vorzuwerfen. Keiner hätte damit rechnen können.

Nach einer Weile stand er auf, ging mit seinem Rucksack an der Tür des Gastraums vorbei und stieg über die alte, knarrende Holztreppe hinauf ins leere Lager. Es roch dezent nach Zirbenholz, das Lager war offenbar vor Kurzem mit heimischem Holz renoviert worden. Er legte sich an einen Fensterplatz, deckte sich zu und genoss das leise Geräusch des Regens auf dem Dach über ihm. In Betten aus Zirbelkiefer solle man besonders gut schlafen können, hatte ihm sein Vater einmal erzählt, und der musste es wissen, er war schließlich Schreiner. Dass man aus den Zapfen wohlschmeckenden Zirbengeist herstellen konnte, adelte den Baum zusätzlich. Heute Abend werde ich einen trinken, dachte er. Es war drei Uhr nachmittags. Er kuschelte sich in sein Kissen und schloss die Augen.

Das Letzte, was er bewusst wahrnahm, war das erschöpfte Gesicht von Ernst Breitwieser, der ihn mit seinen etwas glasigen Augen ansah und undeutlich nuschelnd sagte:

„Hoffen wir, dasch esch hilft, Herr Doktor Keller."

Dann schlief er ein.

Ein lauter Donner und ein heller Lichtblitz weckten ihn. Der Hagel prasselte auf das Dach. Keller öffnete die Augen und blickte auf seine Uhr: Es war kurz nach sieben abends. Draußen ging ein weiteres mächtiges Gewitter nieder. Noch schlaftrunken wickelte er sich aus den kratzigen Wolldecken, schloss das offene Fenster und stand auf, um hinab in die Stube zum Abendessen zu gehen. Nachdem er seinen schon wieder präsenten Hunger gestillt haben würde, wollte er entscheiden, wie es weiterging.

In der kleinen Stube saß nur noch das junge Pärchen, die fröhliche Männertruppe war, wie ihm der Wirt berichtete, noch zur etwa zwei Stunden entfernten Alpenvereinshütte aufgebrochen.

Keller orderte etwas einsilbig ein Viertel Grünen Veltliner, einen Krug Wasser und die Spezialität des Hauses, das stets zuverlässige Almkäsefondue. Er hatte wieder seinen Platz neben dem Kachelofen eingenommen und das Holz knackte beruhigend darin, während draußen die Welt unterging.

Das letzte Mal hatte er hier das Almkäsefondue mit seinem Freund Kurt gegessen, bevor dieser aus Konstanz wegzog. Vorher hatten sie gemeinsam den Roten Kreuzkogel überklettert. Seilfrei und mühelos waren sie bei bestem Wetter über den Grat geturnt. Sie waren jedes Jahr mindestens ein Mal hier hoch auf die Alm gekommen. Nun wohnte Kurt in Kanada, nachdem er dort vor mehr als drei Jahren eine ausnahmsweise gut bezahlte Stelle als Geologe bekommen hatte, und sie hatten seitdem nur noch sporadischen Kontakt über das Internet gehabt. Die Zeiten waren nicht einfach und die Freunde wurden immer weniger. Vielleicht war es aber auch seine eigene Schuld, da er immer mehr in seinen Beruf abgetaucht war. Doch vor einem Monat war Kurt auf einer internationalen Tagung in Zürich gewesen und sie hatten sich getroffen. Er hatte ihm Nadine vorgestellt und sie erzählten sich von den gemeinsamen Erlebnissen. Damals hatte er sich vorgenommen, wieder mehr in die Berge zu gehen. Allerdings war er mit Nadine schon vorher etwas wandern gewesen, so weit es der nasskalte Frühling zugelassen hatte.

Josef Brugger servierte ihm den Wein und das Wasser, zog einen Stuhl unterm Tisch hervor und setzte sich neben ihn.

„Gut geschlafen, Martin?"

„Ja, schon. Das Gewitter hat mich geweckt, sonst hätte ich vielleicht noch das Essen verpasst. Schön, mal wieder hier zu sein."

Der Wirt lächelte ihn freundlich an und fragte:

„Und, scho a Programm für morgen?"

Keller überlegte kurz und entgegnete:

„Nein, nicht wirklich, was sagt das Wetter?"

„Oh, es is guat gemeldet, und i glaub, des stimmt a. Guat, aber erscht mal kalt. Für a Wanderung auf den Mönchskogel is grad recht."

„Ja, darauf hätte ich schon Lust, aber ich muss erst mal schauen, ob ich noch bleiben kann. Vielleicht muss ich zurück in die Firma."

„Des is halt des Kreuz mit dem Beruf, i würd sonscht au mitgoan", entgegnete der Wirt. „Aber die Hilde is im Tal drunten und da muss i dobleibm."

Dann stand er auf, um das Fondue zu richten. Josef Bruggers Familie betrieb die Alm in der vierten Generation. Er war schon hier gewesen, als Keller vor gut zwanzig Jahren das erste Mal heraufkam. Brugger war eine Institution, ein fähiger Bergsteiger, liebenswerter Mensch und Almwirt aus Überzeugung. Er hatte ein erstaunliches Gedächtnis und wusste noch nach Jahren die Namen seiner Gäste. Nachdem sein Vater überraschend schwer erkrankt war, hatte er sein Lehramtsstudium in Innsbruck abgebrochen und die Alm übernommen. Er hatte es offenbar nie bereut.

Keller wusste immer noch nicht, was er tun sollte. Aber er wusste, dass er am liebsten noch bleiben wollte.

Hinter ihm hingen ein paar Fotos aus Josefs bewegtem Bergsteigerleben. Ein Bild im steilen Fels der Dolomiten aus der „Vinatzer" in der Marmolada-Südwand. Es war aus dem Jahr 1981. Brugger trug eine dieser weiten Malerhosen, die damals bei den jungen Wilden der neuen Freikletterszene in Mode waren, und darüber ein kariertes Hemd, wie ein Überbleibsel aus einer vergangenen Zeit. Rechts davon sah man ihn nur ein Jahr später mit einer Tiroler Flagge in einem dicken Daunenanzug und mit Schneebrille auf dem Gipfel des 8188 Meter hohen Cho Oyu im Himalaya.

Ganz rechts hing ein Bild, das ihn mit seiner Familie vor der Alm zeigte. Es war aus dem Jahr 1983, in dem er die Alm übernommen hatte. Alle standen vor dem Eingang der Hütte, nur ein älterer Mann mit weißen, vollen Haaren saß in der Mitte auf einem der Stühle, die noch heute im Gastraum waren. Er trug eine ausgewaschene blaue Hose, die ihm bis über den Bauchnabel reichte und die von breiten Hosenträgern gehalten wurde. Es war Josef Bruggers Vater. Er strahlte eine ungeheure Würde aus, und es schien, als sei er zufrieden gewesen. Aber er wusste schon um seine Erkrankung. Kurz darauf war er gestorben. Drei Jahre später war Martin Keller das erste Mal hier oben gewesen. Da hatten diese Bilder schon an der Wand gehangen und er freute sich, dass sie noch immer da hingen. Anfänglich hatten ihn die Bergbilder mit Ehrfurcht erfüllt, inzwischen, da er um die Geschichte der Oberwiesler Alm wusste, war es dieses Bild des Vaters im Kreise seiner Familie, das ihn zunehmend berührte. Die Hütte war ihm ein Stück Heimat geworden.

Als Keller ein Glas Wein getrunken hatte und das Fondue vor ihm stand, war sein Entschluss gefasst. Er wollte bleiben und morgen auf den Mönchskogel gehen. Danach würde er Nadine anrufen. Er wollte sie fragen, was los sei und sich unwissend stellen. Und wenn Nadines Auskunft nicht zu beängstigend wäre, dann würde er sich bei seinem Chef Werner Kranek offiziell für die restliche Woche abmelden.

So werde ich es machen, dachte er sich, als er das erste Stück Weißbrot mit dem geschmolzenen Käsebrei in den Mund steckte.

Das junge Pärchen genoss inzwischen gemeinsam ebenfalls das Almkäsefondue. Wenn sie nicht lachten, lächelten sie sich mit rosigen Backen und funkelnden Augen an.

Nach dem Essen ging Keller vor die Tür und schrieb die Kurznachricht, wie er es sich mittags überlegt hatte:

Hallo Nadine! Alles in Ordnung, mach dir bitte keine Sorgen, bin in den Bergen, melde mich morgen. Ich liebe dich auch, Martin

Dann schaltete er sein Mobiltelefon aus.

DIENSTAG, 18. AUGUST

4

Um sieben Uhr morgens weckte ihn ein Schütteln am Fuß. Es war Josef Brugger:

„Auf geht's, Martin, der Mönchskogel und deine Kundschaft warten!"

Sie hatten einen schönen Hüttenabend verbracht und Josef hatte ihn um halb elf ins Lager entlassen mit dem Versprechen, ihn zu wecken. Es war nicht bei dem Viertel Veltliner geblieben. Auch das Pärchen wollte auf den Mönchskogel steigen, und so war man sich am Abend nähergekommen. Man hatte sogar die Adressen getauscht. Keller hatte sich bereit erklärt, mit ihnen gemeinsam zu gehen. Sie hießen Stefanie und Klaus, kamen aus Heidelberg und waren zum ersten Mal hier. Er war Medizinstudent und sie studierte Jura. Obwohl Keller ja eigentlich alleine sein wollte, reizte ihn die Aussicht, mit den beiden den Tag zu verbringen, denn sie waren so etwas wie ein Stück der heilen Welt für ihn, nach der er sich sehnte. Außerdem hätte er schlecht ablehnen können, nachdem Josef angeregt hatte, sie sollten doch zusammen aufsteigen.

„Ist gut, Josef, bis gleich", entgegnete Keller und stand gähnend auf. Nachdem er sich ein paar Hände kaltes Wasser ins Gesicht geworfen und die Zähne geputzt hatte, begab er sich zum Frühstück.

In der Stube roch es nach frischem Holz. Die beiden lächelten ihn an, als er sich noch etwas linkisch an seinen angestammten Platz setzte.

„Guten Morgen!"

„Morgen!", murmelte Keller einsilbig.

Er nickte ihnen zu und widmete sich seinem Frühstück. Dies war noch sein Tag. Keller schmierte seine Brote, trank seinen herrlich warmen Kaffee und spürte, wie er langsam munterer wurde. Er überlegte, was noch für die Tour fehlte.

„Josef, hast du noch eine Flasche Schorle für mich?"

„Klar, magscht sonst no was?"

„Ja, gern eine Schokolade, und ich würde mir auch zwei Brote schmieren zum Mitnehmen."

Sie hatten sich gestern ganz offen unterhalten. So wie früher. Nur dass Keller nicht alles erzählt hatte. Immerhin hatte er aber gesagt, dass er momentan beruflich ein paar gravierende Probleme hätte und nicht so genau wüsste, wie es weitergehen sollte.

„Na, wennst nix mehr zum Arbeiten hast, kannst ja auf meiner Alm anfangen", hatte Josef gesagt, und sie hatten gelacht.

„Am liebsten würde ich alles hinwerfen, meinen Namen ändern und gleich hier bleiben", gestand Keller etwas ernster, und sie waren einen Moment still gewesen. Wenig später waren sie ins Bett gegangen.

Nach dem Frühstück packte er schnell seinen ramponierten Rucksack und trat vor die Tür. Stefanie und Klaus warteten schon auf ihn.

„Na, ihr beiden, seid ihr fertig? Nichts vergessen?"

„Alles dabei, von uns aus kann's losgehen", erwiderte Stefanie.

„Gut, dann packen wir's, ich gehe mal langsam voraus."

Keller wanderte in südöstlicher Richtung über die feuchten Almwiesen voran. Die Luft war kühl und es hatte bis etwa 2800 Meter heruntergeschneit, sodass die Berge eine Puderzuckerhaube bekommen hatten. Die Sonne stand bereits am stahlblauen Himmel und war eine willkommene Wärmequelle.

Der Normalweg auf den Mönchskogel war eine einfache Wanderung, die durchgehend markiert und deren Weg bequem ausgetreten war. Das Trio wanderte eine gute Stunde fast wortlos durch die Stille des schönen Hochtals, jeder in seine Gedanken und seine ruhigen, regelmäßigen Schritte vertieft, bis sie das erste Mal eine kurze Pause einlegten. Nachdem sie ihre Jacken ausgezogen hatten – es war inzwischen angenehm warm geworden – und sich mit Sonnencreme präpariert hatten, ging es weiter. Steile Serpentinen ließen sie nun rasch an Höhe gewinnen und der Blick weitete sich. Keller blieb hin und wieder kurz stehen und erklärte den ihm Anvertrauten das immer prachtvollere Panorama. Es war ein herrlicher Tag, das Wetter schien heute stabil zu bleiben.

Da sie keine Eile hatten, fragte Keller die beiden, wie es ihnen denn in Heidelberg gefallen würde.

„Schon gut, nur schade, dass es ein bisschen weit in die Berge ist. Und die Mieten sind saftig. Deshalb sind wir in eine WG gezogen."

Keller wollte von Stefanie wissen, woher sie denn ihre unüberhörbar schwäbische Sprachfärbung habe. Es stellte sich heraus, dass sie ursprünglich aus Stuttgart kam und ihr Vater dort Anwalt und Teilhaber einer größeren Kanzlei war. So erübrigte sich die Frage, wie sie auf die Idee kam, Jura zu studieren.

Sie hatten sich in der Mensa kennengelernt. Stefanie hatte Klaus damals in der Schlange an der Kasse, mit Tablett und Tasche hantierend, einen Becher Orangensaft über Hemd und Hose geleert. Keller meinte, das sei doch ein vielversprechender Anfang gewesen, was die ausgelassene Heiterkeit der kleinen Wandergruppe noch steigerte. Keller berichtete von seinen Jahren in Freiburg, wo er sich nach dem ersten Staatsexamen mit der Onkologie, also der Krebsmedizin im weitesten Sinne befasst hatte. Nach der Promotion zu diesem Thema war er schließlich Facharzt für Onkologie geworden. Klaus hörte interessiert zu und fragte halb im Scherz:

„Na, da kann ich mich ja bei dir bewerben, wenn ich fertig bin. In einer Firma wie deiner kann man als Arzt wenigstens noch ein bisschen was bewegen, das ist ja inzwischen nicht mehr so einfach."

Man konnte kaum überhören, dass Klaus Herrmann Kurpfälzer war, er kam aus Ludwigshafen.

„Gerne, du weißt ja, wo du dich melden musst", entgegnete Keller und freute sich. Vielleicht könnten Nadine und er ja auch mal gemeinsam mit den beiden wandern gehen oder sie in Heidelberg besuchen. Er war relativ oft in Heidelberg, da es dort einige Gruppen innerhalb der Zulassungsstudien gab, mit denen er zusammenarbeitete.

Eine Stunde später waren sie kurz unterhalb des Gipfels. Martin spurte durch den inzwischen von der Sonne aufgeweichten Neuschnee. Die größeren Steine waren schon fast schneefrei. Auf dem Gipfel gab es nur eine Steinpyramide mit einer Eisenstange. Als sie oben angekommen waren, drückten sie sich die Hände und Stefanie verkündete voller Freude, dass dies ihr erster Dreitausender sei.

„Na, dann musst du ja nachher noch eine Runde ausgeben", meinte Keller und erklärte ihnen das nun vollständige Panorama. Klaus kramte ein kleines Fernglas aus der Deckeltasche seines Rucksacks und schaute die Berge an, die ihm gerade benannt wurden. Dann gingen sie noch ein paar Meter auf die windgeschützte Südseite, setzten sich in die Sonne und zogen ihre Jacken an. Von hier aus konnte man in das Tal schauen, in dem Keller tags zuvor seine Unternehmung begonnen hatte.

„Seht ihr die Almstraße da unten? Der silberne Bus am Ende ist meiner. Da habe ich vorletzte Nacht geschlafen. Ganz legal ist es ja nicht, aber der Josef hat mir vor Jahren mal gesagt, dass ich da ruhig hochfahren könne. Seitdem mach ich das immer so, das spart zwei Stunden und man muss nicht den eintönigen Fahrweg hochlaufen."

Keller lehnte sich zurück und begann seine Brote zu vertilgen und die Apfelschorle zu trinken. Dieser wunderbare Tag war Balsam für ihn. Sie genossen die Sonne, die himmlische Ruhe und Erhabenheit des Hochgebirges. Keller schloss die Augen und döste ein wenig vor sich hin. Stefanie und Klaus kuschelten sich aneinander und Stefanie sah durch das kleine Fernglas, das ihr Klaus bereitwillig überlassen hatte. Es war mittags, das Wetter war gut und auf dem breiten Wanderweg würden sie jederzeit entspannt und sicher absteigen können.

Gleich nachher würde er Nadine und Kranek anrufen. Er fühlte sich jetzt stark und den Problemen gewachsen. Die Sonne wärmte ihn im Gesicht und durch die Jacke. In der Ferne war ein Motorengeräusch zu hören. Es war wohl ein Auto. Keller war froh, dass er hier oben sein durfte, und doch würde auch er bald wieder in seinem Auto sitzen und nach Hause fahren müssen.

Das Motorengeräusch wurde lauter, es schien aus dem Tal vor ihnen zu kommen. Keller öffnete die Augen und setzte sich auf, um zur Almstraße hinunterzuschauen. Da kam ein silbergraues Auto, wohl das Allradgefährt eines Bauern. Verträumt schaute Keller zu, wie es das Tal hinauffuhr, bis es schließlich am Ende der Straße neben seinem Bus hielt und zwei Männer ausstiegen.

„Darf ich mal kurz das Fernglas haben, Stefanie?“, fragte Keller.

Stefanie Meiser reichte es ihm, und er sah hindurch. Die Männer zogen sich etwas über, offenbar kamen sie von ganz unten aus dem Tal herauf, in dem zu dieser Zeit schweißtreibende Temperaturen herrschten. Sie traten an seinen Bus und schauten hinein. Keller fühlte, wie sich sein Puls beschleunigte. Sie kehrten wieder zu ihrem Auto zurück und öffneten den Kofferraum. Neugieriges Volk, dachte Keller. Der eine Mann, er trug eine dunkelgraue Jacke, kramte einen länglichen Gegenstand aus dem Kofferraum des Wagens, es war wohl ein Mitsubishi Pajero, und ging damit auf den Bus zu. In diesem Augenblick wusste Keller, dass dieser Tag einen unguten Verlauf nehmen würde. Der Mann setzte den Gegenstand an der Fahrertür an und wenige Augenblicke später öffnete er den Bus. Sein Begleiter, mit einer blauen Jacke, hatte zugeschaut. Der Mann, der die Tür aufgebrochen hatte, stieg nun hinein, wenig später auch der andere.

„Was machen die denn da?", fragte Stefanie vorsichtig.

„Die ...", Keller musste nach Luft schnappen, „... die knacken mein Auto!"

Er sprang auf, packte in Windeseile seinen Rucksack, kramte sein Mobiltelefon heraus, stellte es an und wählte die Nummer von Nadine. Er ging ein paar Schritte zur Seite und wartete.

„Martin?"

„Hallo, Nadine, entschuldige, dass ich mich jetzt erst melde."

„Ist schon gut Martin. Du hast wohl deine Gründe gehabt. Wo bist du denn?"

„Hör zu, ich stehe auf dem Mönchskogel an der Oberwiesler Alm und schaue zu meinem Bus runter, der nebenan im Tal steht. Da unten sind zwei Kerle mit einem Auto angekommen und haben gerade den Bus aufgebrochen. Wer weiß, dass ich hier bin?"

„Ach du meine Güte! Da waren gestern Mittag zwei Männer von deiner Firma in der Klinik. Es war mir ziemlich peinlich, weil ich nicht wusste, wo du warst und um was es geht. Ich konnte ihnen nicht helfen. Abends haben sie dann noch mal angerufen und da habe ich ihnen gesagt, du wärst in den Bergen. Du hast mir doch die SMS geschrieben. Die wollten es genauer wissen, da habe ich einfach gesagt, früher wärst du überall gewesen und immer mal wieder auf der Oberwiesler Alm. Ich wusste doch nicht viel, nur das, was du und Kurt mir erzählt habt."

„Okay, Nadine, mach dir keine Vorwürfe." Jetzt war Keller klar, dass er einen Fehler begangen haben musste. „Wenn sie noch mal kommen, sag ihnen bitte, ich würde mich melden. Bis bald, ich muss sofort absteigen. Nadine, es kommt alles wieder in Ordnung, vertrau mir."

„Gut, lass bitte wieder von dir hören und erzähl mir mal, was hier eigentlich los ist. Noch was, vielleicht hat das ja irgendwie damit zu tun: Heute Nachmittag war ein Mann von einer Service-Firma da, der hat mein Notebook mitgenommen. Pass auf dich auf."

„Mach ich, bis dann."

Martin Keller schaltete sein Mobiltelefon wieder aus. Das hörte sich nicht gut an. Zum ersten Mal wurde ihm bewusst, dass möglicherweise auch Nadine in Gefahr war. Er beschloss, sie so gut er konnte herauszuhalten.

Klaus kam auf ihn zu und fragte, ob sie helfen könnten.

„Danke, aber ich fürchte, ich muss hier so schnell wie möglich runter."

Die zwei fremden Männer standen inzwischen wieder am Kofferraum ihres Autos. Sie packten ihre Rucksäcke. Sie waren keine gewöhnlichen Autoknacker, sie suchten ihn, das war jetzt klar.

„Ihr schafft den Abstieg ja alleine, oder?", fragte Keller und drückte Klaus sein Fernglas in die Hand.

„Kein Problem. Melde dich mal, vielleicht können wir ja noch mal zusammen in die Berge gehen, wenn du Zeit hast."

„Mache ich sicher. Bis bald!"

Und schon sprang Keller im Schneematsch davon. Er raste den Weg hinunter, seine Lungen rasselten und die Oberschenkel glühten. In seinem Kopf herrschte Chaos. Was ging hier vor sich? Er hatte doch mit seinem Sonderbericht noch gar nichts angefangen, sondern darin nur seinen Widerwillen bekundet, in einem künftigen Bericht die Probleme zu beschönigen. Kranek hatte ihn umstimmen wollen. Kranek, sein Förderer und väterlicher Freund – zumindest während der ersten Jahre bei Europharma – war Chemiker mit einem betriebswirtschaftlichen Zusatzstudium. Und Letzteres schien seine Entscheidungen inzwischen zu beherrschen.

Keller sah ihn vor sich, mit seinen gewellten grauen Haaren, die regelmäßig von einer Friseurin gebändigt wurden, mit seinen teuren, blau-weiß gestreiften Hemden mit weißem Kragen, seinen bunten italienischen Seidenkrawatten, seiner altbackenen goldenen Krawattennadel und seinem dunkelblauen Zweireiher, den er gern mit einer grauen Hose kombinierte. Dazu trug er meist ziemlich hässliche schwarze Slipper mit höheren Absätzen, denn er war nur etwas über eins siebzig groß. Grauenvoll, wo es doch so schöne Schuhe gab. Er konnte nur hoffen, mit Anfang sechzig nicht auch so gestrig zu wirken.

Wie auch immer, nicht der einst so gönnerhafte Kranek hatte den letzten Bericht unterschreiben müssen, sondern er, und sie hatten ihn reingelegt. Und nun musste er seine Unschuld beweisen oder das Projekt anders stoppen. Aber wie? Wenn er jetzt die Polizei rief, würde er eine Entwicklung in Gang setzen, die unaufhaltsam wäre. Man konnte davon ausgehen, dass sich die Herren schon abgestimmt und die Beweislage zu ihrem Vorteil frisiert hatten. Und Nadine hatten sie offensichtlich auch schon im Visier. Wenn sie das waren, die Männer da unten.

Eine knappe Stunde später war er an der Hütte. Josef mistete nebenan im Stall aus und Keller stürmte herein.

„Hallo, Josef!"

„Ah, Martin, du, da hat a Mann angerufen und nach dir gefragt. I hab gesagt, du wärscht nit da, aber i würd ihn zurückrufen, wenn du kommscht. Er soll mir mal sei Nummer geben. Da hat er gsagt, er ruft später no mal an. I wollt di erscht mal fragen, nach dem, was du geschtern Abend gsagt hascht. Erwartest du no jemand, oder hascht richtig Probleme?"

Josef hatte sich schon seine Gedanken gemacht.

„Ja, ich habe richtige Probleme, Josef, aber ich habe mir nichts zuschulden kommen lassen. Ich habe gerade zwei Männer gesehen, wie sie drüben meinen Bus aufgebrochen haben. Dann haben die ihren Rucksack gepackt und kommen jetzt hierher. Die suchen mich."

„Und, magscht du di finden lassen?"

„Nein, ich möchte auf dem schnellsten Weg hier weg. Vielleicht kannst du Stefanie und Klaus noch sagen, dass sie mich bitte nicht erwähnen sollen, falls man sie fragt."

„Is guat, mach i. Kann i sonscht noch was für di tun?"

„Ja, wie komm ich am schnellsten nach Süden ins Kaltertal?"

Sie traten aus dem Stall.

„Am schnellsten über den dunklen Rücken da links vom Roten Kreuzkogel. Bis'd oben bischt, sind's anderthalb Stunden, wennscht Gas gibst. Da gibt's dann an kurzn steilen Pfeiler nach Süden, wennscht da dreimal abseilst, bist in einer Stunde drunten. Abseilhaken sein drinnen. Sind rot markiert. Seil und Klettergurt geb i dir mit, kannst am Einstieg liegen lassen, i hols mir dann wieder."

Josef Brugger ging in die Hütte und kam kurz danach mit einer Tüte und dem Seil wieder heraus. In der Tüte befand sich der Klettergurt, Käse, etwas Brot und eine Flasche Apfelschorle. Er drückte Keller die Sachen in die Hand und sagte:

„Alles Gute, Martin, ich schick die Leut zur Alpenvereinshütte, solln's da nach dir suchn. Bezahlen kannscht beim nächschten Mal. Meld di bei meiner Schwester, die wohnt in Niederkaltern, Sieglinde Schuster hoaßt sie jetzt, die ham den Schusterhof oberhalb, einfach fragn, kennt jeder. Viele Grüße, ruf mi mal an, und jetzt ab die Post. Mach's guat!"

„Du auch, und vielen Dank. Ich weiß gar nicht, was ich sagen soll. Bis bald."

Keller setzte seinen Rucksack wieder auf, den er inzwischen gepackt hatte, und lief weiter. Wenn er nicht schnell genug war, würden sie ihn sehen, sobald sie über die Scharte kamen. Sie wüssten zwar vielleicht nicht gleich, dass er es war, würden aber später darauf kommen. Und dann wäre sein Vorteil erst mal dahin.

Er gab also Gas, wie Josef es geraten hatte. Das hätte er aber gar nicht zu sagen brauchen, denn Keller hatte Angst. Nach dem, was er vorhin gesehen hatte, hielt er inzwischen alles für möglich. Wie in Trance keuchte er den dunklen Bergrücken empor, er könnte sich ja auf der anderen Seite etwas Erholung gönnen. Das schwere Seil im Rucksack drückte zusätzlich auf die Schultern. Dabei hatte der Tag so schön angefangen, und nun war alles vorbei. Er schien den Boden unter den Füßen zu verlieren. Er hatte kein Auto mehr, hatte Angst sein Handy zu benutzen, konnte nicht nach Hause in seine Wohnung fahren und bei seiner Freundin waren sie auch schon gewesen. Wenigstens hatte er genug Geld, um eine Weile abzutauchen. Strafbar hatte er sich ja nicht gemacht, also konnte ihm auch niemand sein Konto sperren. Glücklicherweise war dieses Konto ziemlich voll.

Der Anstieg wurde nun zunehmend unangenehm. Es gab keinen Weg. Keller lief zuerst über steile, lockere Schutthalden und kletterte dann immer öfter in leichten, aber völlig brüchigen Gneisfelsen. Nach einer Stunde schaute er das erste Mal zur Scharte hinüber. Da müssten sie bald kommen, dachte er. Eigentlich sollte er aber noch etwas Zeit haben, mindestens eine halbe Stunde, wenn seine Rechnung stimmte. Seine innere Anspannung nahm mit jeder Minute zu. Er lief und kletterte in einem Tempo, das er sich am Tag zuvor niemals zugetraut hätte. Aber gestern hatte er nur gegen sich selbst kämpfen müssen, nun schien das anders zu sein.

Wieder blickte er zur Scharte, es war niemand zu sehen. Er erreichte einen spärlich bewachsenen Rücken, auf dem er leichter bergan steigen konnte. Andererseits war er hier aber auch besser zu erkennen. Es waren vielleicht noch fünf Minuten, dann konnte er sich hinter den Felsen des Bergkamms verstecken und die Abseilstelle suchen. Als er sich nochmals umschaute, erblickte er seine beiden neuen Bekannten aus Heidelberg, die sich am Hang gegenüber nach dem Abstieg vom Mönchskogel der Alm näherten. Und er sah, dass ihnen jemand entgegenging, es war Josef Brugger. Er wollte sie offenbar gleich in Empfang nehmen, um sie zu bitten, über ihre Begegnung mit ihm zu schweigen. Daher drohte also erst mal keine Gefahr mehr.

Endlich erreichte er den Grat und ging sofort auf der Südseite in Deckung. Er öffnete seinen Rucksack, packte das Seil aus und zog den Klettergurt an, an dem drei Schraubkarabiner, ein Abseilachter und eine lange Schlinge baumelten. Von Zeit zu Zeit lugte er über die Felsen zur Scharte hinüber. Sie war nur etwa eineinhalb Kilometer Luftlinie entfernt, aber eben auf der anderen Seite des Roten Kreuzkogels. Hier war er erst mal sicher.

Er trank ein wenig und schnitt sich mit seinem Taschenmesser etwas Brot und Käse ab. Er war immer noch außer Atem und kam erst langsam zur Ruhe. Schließlich packte er den Proviant wieder ein und schaute noch einmal hinüber, bevor er den Rucksack aufsetzen und die Abseilstelle suchen wollte. Da waren sie! Erst sah er nur einen, er hatte einen blauen Anorak an. Kurz danach erschien der andere Mann in der Scharte, er war mit einer dunkelgrauen Jacke gekleidet, genauso wie der Mann, der sein Auto geöffnet hatte. Das waren keine Bergromantiker, daran bestand kein Zweifel. Anstatt in der Scharte zu verweilen und die Aussicht zu genießen, stiegen sie direkt weiter Richtung Alm ab.

Martin Keller setzte sich seinen Helm auf, griff den Rucksack und das Seil und stieg hinunter zum Kopf des steilen Pfeilers, der nach Süden senkrecht abbrach. Dort hatte er eine rote Markierung gesehen.

Josef Brugger war, nachdem Keller ihn verlassen hatte, in seine Hütte gegangen und hatte den Namen von Martin Keller, den er selbst eingetragen hatte, mit Tipp-Ex aus seinem Hüttenbuch entfernt. Er ärgerte sich, dass er so penibel gewesen war, ihn reinzuschreiben. Stattdessen trug er einen Phantasienamen ein: Toni Dornach. Andere Hüttenwirte überließen es ihren Gästen, ob sie sich eintragen wollten, das Buch lag meist nur noch aus Traditionsgründen aus. Ich hätte es besser auch so halten sollen, dachte er, ich Esel. Er rief seine Schwester an und bat sie nicht nur, Keller aufzunehmen, sondern auch den Almweg auf der Südseite ein Stück hinaufzufahren, um nach ihm Ausschau zu halten. Ihren Mann sollte sie einweihen, falls sie sich verpassen würden.

Er wollte den Männern erzählen, Keller sei gestern kurz auf der Alm gewesen und dann in Richtung Alpenvereinshütte weitergewandert. So könnte dieser vielleicht etwas Zeit gewinnen. Den Hüttenwirt der Alpenvereinshütte, den er gut kannte, rief er ebenfalls an. Er solle berichten, Keller sei nachmittags zum Kaffee eingekehrt und dann nach Norden abgestiegen. Brugger wusste, dass diese Auskunft etwas seltsam klang, da ja Kellers Auto ganz woanders stand. Aber wer konnte schon wissen, was ein Bergtourist vorhat? Seine Verfolger waren ja wahrscheinlich weniger alpin bewandert, als Keller oder er selbst es waren, und würden ihm diesen Schmarrn abkaufen, so hoffte er jedenfalls. Als Letztes bat er seine Frau Hilde, wieder zur Alm hochzukommen. Er wollte einsatzbereit sein, wenn es sein müsste. Keller war ihm immer ein liebenswerter, hilfsbereiter und großzügiger Gast gewesen. Er fühlte sich für ihn verantwortlich und würde ihn beschützen, wenn er ihn bräuchte. Genauso wie Brugger seine Schüler beschützt hätte, wäre er Lehrer geworden.

Keller tastete sich vorsichtig an die Abseilstelle heran. Der zementierte Haken, der inmitten eines großen roten Farbkleckses saß, befand sich einen Meter vor der Abbruchkante. Darunter ging es lotrecht gut achtzig Meter in die Tiefe. Gestern wäre ihm hier noch ein kalter Schauer über den Rücken gelaufen, aber dafür hatte er heute keine Zeit mehr.

Er sicherte sich mit der Schlinge und dem Schraubkarabiner und begann, das Seil zu öffnen und ein Ende durch den Haken zu ziehen. Eigentlich war das Routine für ihn, er war eben nur in den letzten Monaten etwas eingerostet. Er lehnte sich hinaus und hielt Ausschau nach der nächsten Abseilstelle, die nicht so weit weg sein konnte. Das Seil war sechzig Meter lang, er konnte also dreißig Meter abseilen. Doch er sah nichts.

Nachdem er das Seil bis zur Mitte durchgezogen hatte, warf er die beiden Enden in weitem Bogen in den Abgrund. Eine kurze Prusikschlinge wäre jetzt hilfreich gewesen, um seine Angst etwas zu lindern, aber er hatte keine. Oder doch? Er zog einen Schnürsenkel aus einem seiner alten Kletterschuhe, die er noch im Rucksack hatte, und bastelte sich eine Sicherung unter den Abseilachter, den er inzwischen ins Seil eingehängt hatte. Zuletzt klinkte er die Schlinge aus dem Haken aus und verschwand in der Tiefe.

Nach den ersten Metern gewann er an Zuversicht und lehnte sich weit hinaus. Unter einem Überhang, ungefähr zwanzig Meter unterhalb, sah er die nächste rote Markierung.

Wenig später hing er am nächsten Abseilhaken und begann das Seil über sich abzuziehen. Das eine Ende steckte er direkt in den Haken und führte es immer nach, bis das durchgesteckte Seilende schwer genug war, das nachfolgende Seil selbst nachzuziehen. Kurz darauf flog ihm auch das andere Ende entgegen. Er zog es wieder bis zur Mitte und seilte weiter ab.

Ab hier würden sie ihm wohl kaum noch folgen können, dachte Keller und lächelte ein wenig. Was für ein Tag. Heute hatte er ein neues Leben begonnen.

5

Hias Steger war Anfang fünfzig und ein erfahrener, zuverlässiger Bergführer. Er entsprach auch äußerlich seinem Berufsbild mit seinem wettergegerbten, von Falten durchzogenen Gesicht, seinen roten Wangen und der ebenso rötlichen Nase, den etwas wüsten schulterlangen, überwiegend noch braunen Haaren und seiner sehnigen, sportlichen Erscheinung bei einer Größe von gerade mal eins dreiundsiebzig. Sein Blick hatte etwas Vertrauenswürdiges, aber aus seinen dunkelbraunen Augen schaute immer noch ein wenig das Kind, das in die abenteuerliche Welt der Berge aufbrechen wollte. Seit er als kleiner Junge seinen Vater hatte begleiten dürfen, war das sein Ein und Alles.

Der Vater war Jäger und betreute für einen wohlhabenden Vorarlberger Industriellen eine größere Jagdpacht in den Bergen Tirols. Dazu bewirtschafteten sie noch einen Bauernhof. Hias Steger hatte in seiner Jugend annähernd alle großen Wände der Alpen durchstiegen und der Führerberuf war für ihn folgerichtig die einzig denkbare Profession, bis vor ein paar Jahren der Andrang zunehmend nachgelassen hatte. Seitdem hielt er sich zusätzlich mit verschiedenen Jobs über Wasser. Meistens als Hilfsarbeiter auf dem Bau, den Hof hatte sein großer Bruder übernommen. Er war noch fit, aber der Ruhm und der Elan der einstigen Tage waren etwas verblasst. Dazu kam es immer öfter vor, dass er mehr trank, als er vertrug. Er wusste das, war aber nicht in der Lage, das zu ändern. Schließlich war er es gewohnt, sich körperlich auszulasten, was ihm aber durch das Fehlen einträglicher Führungstouren immer weniger vergönnt war.

So war er hörbar erfreut, als ihn Montagabend das Klingeln des Telefons aus seiner Lethargie riss und ein Tourist seine Dienste in Anspruch nehmen wollte. Steger sollte mit ihm auf die Oberwiesler Alm gehen und dort würden sie dann weitersehen. Es war Walter Rössle, den Steger vor Jahren schon mal als Kunden hatte, als er noch ein viel beschäftigter Führer war. Er hatte ihn als engagierten, bergbegeisterten Klienten in Erinnerung, hatte aber nach ihrer durchaus erfolgreichen Tourenwoche in den Ötztaler Alpen nichts mehr von ihm gehört. Seiner Erinnerung nach war Rössle Polizist und recht sportlich, etwas undurchsichtig zwar, aber nicht unspendabel und eigentlich genau der richtige Kunde für ihn. Am nächsten Morgen wollte er kommen.

Hias Steger packte seinen Rucksack, er legte seine Kletterausrüstung bereit, Verpflegung, Karten und Führer, Erste-Hilfe-Ausrüstung, Biwaksack, Mobiltelefon, seine blaue Jacke und was man sonst noch so alles dabei haben musste, und ging nach nur einem Bier zuversichtlich zu Bett.

Um halb zehn Uhr klingelte es. Steger, der schon lange auf den Beinen war und sich extra rasiert hatte – er tat das eher unregelmäßig – rannte zur Tür und öffnete.

„Guten Morgen, Herr Rössle, kommen Sie herein!“

„Grüß Gott, Herr Steger.“

„I bin der Hias“, entgegnete Steger.

„Ja, richtig, Walter“, antwortete Rössle und nickte ermunternd.

Rössle war um die fünfzig und hatte ein wenig zugelegt, seit Steger ihn das letzte Mal gesehen hatte. Er hatte immer noch diese kurzen Haare, aber sie waren inzwischen komplett ergraut. Einzig seine etwas kalt wirkenden hellblauen Augen hatten sich nicht verändert, nur dass sie von leichten Ringen umgeben waren. Das Arbeitsleben war wohl auch an diesem Schwaben nicht spurlos vorübergegangen. Trotzdem sah er immer noch fitter aus als die meisten seiner Altersgenossen.

Nachdem sie einen Kaffee in Stegers Küche getrunken und ein wenig die damalige Tour rekapituliert hatten, drängte Rössle auf baldigen Aufbruch und fragte Steger, wie man am kürzesten zur Oberwiesler Alm käme. Steger fragte, ob sie denn nicht erst abends oben sein und auf dem Weg noch eine kleine Tour mitnehmen wollten.

„Nein, ich muss mich da entschuldigen. Ich verlass mich ganz auf deine Diskretion und Mithilfe. Am liebsten würde ich direkt hinfahren, ich bin nämlich diesmal eher dienstlich hier.“

Steger schluckte, dachte sich aber: Was kann schon dabei sein? Eine Nachforschung, vielleicht eine Befragung.

„Dein Einsatz wird dir natürlich entsprechend vergütet“, schob Rössle nach. „Es soll nicht zu deinem Nachteil sein.“

Daraufhin erzählte Steger ihm von der Schotterstraße im Nachbartal der Alm und dass man, wenn man da hinauffahren würde, eine Menge Zeit sparen könne. Ganz legal sei es freilich nicht, aber er habe dort noch nie Ärger bekommen. Rössle stimmte seinem Vorschlag zu und wollte selbst fahren. Das sei dienstlich notwendig, sagte er.

Also trug Steger seine Ausrüstung hinaus und lud sie in Rössles Auto. Es war ein Geländewagen mit Stuttgarter Kennzeichen. In seinem Kofferraum befanden sich neben einem Rucksack noch zwei große Reisetaschen sowie ein kleiner und ein großer Metallkoffer. Auf der Rückbank stand ein Karton mit allerlei Karten und Führern aus dem gesamten Alpenraum.

„Na, hascht dir ein Jahr Urlaub genommen?“, fragte Steger grinsend und zeigte auf die mobile Bergbibliothek.

„Nein, nein. Aber man weiß halt nie, wo man landet.“

„Soll i auch Schlafsack, Matte, a Zelt und eppes zum Kochen einpacken?“

„Ja, das wäre sicher kein Fehler. Ein Zelt habe ich allerdings auch dabei.“

„Guat, dann hol i des andere Geraffel noch.“

Steger lief ins Haus zurück und holte die restlichen Ausrüstungsgegenstände. Scheppernd stellte er die Kiste in den Kofferraum. Rössle schien ja allerhand vorzuhaben, ihm sollte es recht sein, umso mehr war zu verdienen.

„Wie lange hast du denn Zeit?“

„So lange, bis wir ihn gefunden haben.“

„Aha“, antworte Steger etwas unsicher. Er wusste nicht, ob er noch etwas fragen sollte, die Sache war ihm nicht ganz geheuer. Doch er beschloss, es dabei bewenden zu lassen, es würde schon alles seine Richtigkeit haben, schließlich war Rössle ja Polizist.

Bald darauf fuhren sie los. Es war kurz nach zehn.

6

Rössle wollte keine Zeit verlieren und steuerte seinen Mitsubishi Pajero sportlich die Schotterstraße hinauf. Seit sie losgefahren waren, herrschte eine sachliche Atmosphäre. Hias Steger lotste Rössle seinem Ziel entgegen und der Grund ihrer Unternehmung wurde nur noch am Rand angesprochen. Steger hatte sich gefügt, nachdem ihm Rössle gesagt hatte, dass es um einen Kriminellen ging, der sich auf diese etwas ungewöhnliche Weise abzusetzen versuchte. Es sei in diesem seinem Metier nun mal so, hatte Rössle erklärt, dass vielleicht auch dieser Mann mal ein anständiger Kerl gewesen sei, aber das Leben verändere halt die Menschen, und am Ende ginge es ihnen nur noch darum, ihre schuldbeladene Haut zu retten. Dabei hätten sie ihre früheren Ideale meist schon lange über Bord geworfen und würden auch den Schaden anderer in Kauf nehmen. Und um das zu verhindern gäbe es Leute wie ihn, weil diesen Job eben leider, und er betonte leider, auch jemand machen müsste.

Es war kurz vor Mittag, als der Wagen die letzten Kehren des Weges hinauffuhr. Schon von weiter unten hatte Rössle den silbernen Campingbus am Ende der holprigen Piste gesehen. Ein zufriedenes Lächeln huschte über sein Gesicht, als er wenig später das Konstanzer Kennzeichen sah. Keller war hier, und jetzt würde Rössle ihn nicht mehr loslassen, bis er ihn hatte.

Nachdem er neben dem Bus geparkt hatte, stiegen sie aus und Rössle sagte:

„Das ist sein Auto."

Er ging zum Bus und schaute hinein. Steger folgte ihm etwas zaghaft und blieb in respektvollem Abstand stehen.

„Niemand drinnen", meinte Rössle, und nun riskierte auch Steger einen Blick. Rössle kehrte entschlossenen Schrittes zu seinem Wagen zurück und kramte einen langen, festen Draht aus seinem Kofferraum.

„Gefahr im Verzug, da können wir nicht auf die Amtshilfe warten.“

Steger trottete ihm verdattert hinterher und sah dann stumm zu, wie Rössle mit diesem Instrument durch die Gummidichtung der Fahrertür von Kellers Bus stocherte und hebelte. Wenige Augenblicke später war die Tür offen.

Steger stand konsterniert daneben und überlegte. Schließlich entschloss er sich doch zu fragen:

„Na wenn er nicht da ist, wieso brechen Sie …“, er korrigierte sich sofort, “… wieso brichst du dann sein Auto auf?“

„Weil er gestohlen hat. Er ist ein Wirtschaftsspion und möglicherweise noch ein Erpresser. Und deshalb müssen wir natürlich wissen, ob die Unterlagen hier im Bus sind“, antwortete Rössle mit etwas strengem Unterton. „Das braucht dich nicht zu kümmern, glaub mir, es geht nun mal nicht anders.“

Damit war das Thema für Rössle erledigt und er verschwand im Bus. Zögerlich stieg Steger auch ein, um zu fragen, was sie nun machen sollten.

„Wir gehen auf die Oberwiesler Alm, wie wir es vorgehabt haben. Du brauchst kein schlechtes Gewissen zu haben, du hilfst bei einer guten Sache und wirst dafür gut entlohnt. Das verspreche ich dir.“

Fünf Minuten später standen sie beide wieder am Kofferraum von Rössles Pajero. Er öffnete einen Koffer und begann an ein paar Geräten herumzudrehen, die er aus seinem großen Metallkoffer herausgekramt und an sein Notebook angeschlossen hatte. Offenbar versuchte er Kellers Mobiltelefon zu orten, aber es gelang ihm nicht.

„Gut, packen wir die Rucksäcke“, befahl Rössle und Steger folgte wortlos. Er hatte inzwischen jede Kritik aufgegeben. Es würde sich für ihn lohnen, hatte Rössle gesagt. Zwar hatte er ein flaues Gefühl in der Magengrube, aber war das nicht auch vor seinen großen Bergtouren so gewesen? Gut, die hatte er freiwillig und aus purer Begeisterung unternommen, aber dafür hatten sie ihm auch fast nichts Greifbares eingebracht. Diese Geschichte hier war zwar weniger reizvoll, sie würde ihm aber Bares einbringen, und das hatte er bitter nötig.

Rössle öffnete den kleinen Metallkoffer so geschickt, dass Steger nicht hineinschauen konnte, und ließ blitzschnell etwas Dunkles, Eckiges in seinem Rucksack verschwinden. Steger hatte es nur aus dem Augenwinkel gesehen, aber er war sich sicher, dass es eine Pistole war.

„Ich rufe noch mal schnell auf der Alm an", sagte Rössle und ging ein paar Schritte zur Seite. Steger hörte, wie er offenbar mit Brugger sprach. Es war ein kurzes Gespräch.

„Der Wirt sagt, er sei nicht mehr da. Wir werden es sehen, also, packen wir's!"

Wenig später verriegelte Rössle sein Auto und sie marschierten los. Steger ging in gemächlichem Schritt voraus und erhöhte langsam das Tempo, als sie sich warmgelaufen und das erste steilere Stück hinter sich gelassen hatten. Er versuchte dabei seinen Kunden nicht zu überfordern, schließlich waren es gut zwei Stunden bis in die Oberwiesler Scharte. Von dort konnte man gemütlichen Schrittes in einer knappen Stunde zur Alm schlendern.

Nach ein paar hundert Metern nahm Steger befriedigt zur Kenntnis, dass Rössles Lebensinhalt in den letzten Jahren offenbar nicht mehr der Bergsport gewesen war. Steger war daher recht zuversichtlich, sein Geld ohne besonderen Aufwand verdienen zu können. Im Grunde hoffte er dabei, sie würden den Gesuchten nie finden.

Die Mittagssonne stand hoch am Himmel, folglich hielten sie nach kurzer Zeit an und zogen die Jacken aus.

„Kennst du den Wirt der Oberwiesler Alm?", fragte Rössle.

„Ja, sicher, der is schon seit vielen Jahren dort, i war früher öfter doba. Is a netter Kerl und a guter Bergsteiger, wollte mal Lehrer werden. Mir ham vor vielen Jahren auch mal ein paar Touren zusammen gemacht."

Während sie weitergingen, erzählte er Rössle von den Tourenmöglichkeiten rund um die Alm und berichtete, dass im Grunde nur Kletterer oder Bergsteiger dort nächtigten. Die meisten Touristen, die man tagsüber dort traf, seien Wanderer.

„Es gibt hier eine beliebte Rundwanderung. Diese Leute kehren in der Regel nur auf der Alm ein und wandern dann weiter zur Alpenvereinshütte, die liegt grad amal zwei Stunden weiter."

Der Weg führte erst mühsam durch ein Schuttkar und dann, nach einer längeren Querung, über zuletzt immer steilere Serpentinen in die Scharte. Je steiler der Weg wurde, desto öfter musste Steger sein Tempo verlangsamen, weil er merkte, dass Rössle zurückfiel.

Kurz unterhalb der Scharte kam ein kühler Wind auf. Sie zogen ihre Jacken wieder an und stiegen weiter. Als Steger in der Scharte angekommen war, hatte er Rössle ein paar Meter hinter sich gelassen. Er nutzte die kurze Pause, um seinen Blick über das Tal schweifen zu lassen.

Da sah er drei Personen, die sich auf dem Weg zur Alpenvereinshütte befanden. Sie hatten offenbar erst vor Kurzem die Alm verlassen. Diese lag nicht weit unterhalb inmitten saftiger Wiesen. Vor ihr saßen nur wenige Leute, wie viele es waren, konnte er nicht erkennen. Sonst war niemand zu entdecken. Steger hoffte, dass Rössle mit Brugger nicht zu hart umgehen würde, damit er sich auch in Zukunft noch auf der Alm blicken lassen konnte.

Auf dem Abstieg teilte er Rössle, der kurz nach ihm die Scharte erreicht hatte, seine Beobachtungen mit. Während des restlichen Weges zur Alm konnte er niemanden weiter sehen, und das war auch ganz in seinem Sinne.

7

Nachdem Josef Brugger telefoniert hatte, holte er sein Fernglas und ging vor die Hütte. An den Biertischgarnituren saßen vier Wanderer, deren Bestellungen er aufnahm. Dann schaute er sich um. Er hatte nun drei Ziele in drei verschiedenen Richtungen zu beobachten. Zunächst einmal Keller, der den dunklen Rücken links des Roten Kreuzkogels hinaufkeuchte. Dann gegenüber das Heidelberger Pärchen, das er gemächlich vom Mönchskogel herunterkommen sah. Links davon schließlich, in der Oberwiesler Scharte, würden irgendwann Kellers Verfolger auftauchen. Vor deren Eintreffen wollte er mit dem Pärchen sprechen.

Normalerweise beobachtete er nur sporadisch das Treiben der Touristen rund um seine Hütte, um im Falle eines Unfalls die Rettung alarmieren zu können. Diesmal war es anders. Diesmal war er ein Teil des Ganzen und er befand sich auch rein geografisch genau im Zentrum des Geschehens.

Nachdem er die Wünsche der Wanderer erfüllt und dabei versucht hatte, sich beim üblichen Plausch nichts von seiner Nervosität anmerken zu lassen, kassierte er ab, und die Leute zogen weiter. Keller war inzwischen fast auf dem Grat und würde in wenigen Minuten von der Bildfläche verschwunden sein. Er beschloss, Stefanie und Klaus entgegenzugehen und sie um ihr Stillschweigen zu bitten.

Als er über die Almwiese schlenderte, tat sich in der Scharte immer noch nichts. Brugger war guter Dinge, dass der Plan aufgehen würde.

„Servus, ihr zwoa, habt's a schöne Tour ghabt?"

„Ja, aber hat dir Martin erzählt, was mit seinem Auto passiert ist?", erwiderte Klaus.

Brugger kam ohne Umschweife auf sein Anliegen zu sprechen:

„Ja, des hat er, und deshalb wollen mir euch um eppes bitten, koa Angst, nix Schlimmes ..."

Die beiden verstanden sofort und man war sich schnell einig. Auch sie hatten gesehen, dass die zwei Autoknacker in Richtung Alm aufgebrochen waren und hatten sich Sorgen gemacht. Wo Keller war, brauchten sie nicht zu wissen.

Kurz bevor sie die Hütte erreichten, registrierte Josef Brugger beruhigt aus dem Augenwinkel heraus, dass Keller hinter dem Grat verschwunden war. Als sie sich dann vor die Hütte setzten, erschien der erste Mann in der Scharte. Er schien kurz zu warten. Gleich danach konnte man den zweiten sehen. Nach seinem Eintreffen begannen beide umgehend mit dem Abstieg. Das müssen sie sein, dachte Brugger. Er brachte dem Pärchen etwas zu trinken und eine Brettljause, setzte sich wieder unter einen der ehemals leuchtend roten „Almdudler"-Sonnenschirme und nahm nochmals sein Fernglas von der wetterfesten, rot-weiß karierten Tischdecke. Was er sah, wollte er zunächst nicht glauben. Er beobachtete die Männer weiter, und als er sich sicher war, sagte er:

„Na, des gibt's ja nit. Des is ja der Hias!"

„Servus, Josef!"

„Grüß di, Hias, bischt auch wieder mal doba? Na, geht's was klettern?", entgegnete Brugger freundlich lachend und reichte ihnen zwei Obstler auf einem kleinen Tablett. Er hatte sich diese Taktik so zurechtgelegt.

Steger schüttelte ihm die Hand und verteilte die Schnäpse.

„Dank dir. Nicht direkt, mir suchen jemand. Mein Kunde is a Polizist ..."

„Rössle ist mein Name, ich komme aus Deutschland und ich suche auch einen Deutschen. Natürlich weiß ich, dass ich hier eigentlich nicht zuständig bin, vielleicht würden Sie mir aber trotzdem netterweise helfen. Können Sie Angaben über den Verbleib eines Mannes namens Martin Keller machen?"

„Ach, Sie warn des vorhin am Telefon. Na, da kann ich Ihnen nur sagen, er war geschtern zum Mittagessen da und is dann weiter zur Alpenvereinshütte gewandert."

„Aha, gut. Wollte er noch mal hierher zurückkommen?"

„I glaub net, hat er nix davon erzählt. Man kann ja auch nach Norden weiter, und auf der Rundtour kommt man dann in drei Tagen wieder ins Tal drüben, wo der Keller sicher geparkt hat."

„Hat er sonst etwas erzählt?"

„Na, mir ham kaum miteinander gsprochen, dafür war zu viel los geschtern Mittag."

„Was hatte er an?"

„A kariertes Hemd, glaub i, und so a graue Tourenhose."

„Haben Sie auch die Farbe seines Rucksacks oder seiner Jacke gesehen?"

„Na ja, er hat an roten Rucksack ghabt, aber a Jacke hab i nit gsehen, er war ja mittags da, da war's schee warm. Später hat's gewittert, aber da war er scho lang weg."

„Gut, vielen Dank. Haben Sie vielleicht die Nummer von der Alpenvereinshütte?"

„Ja, klar hab i di, i hol sie schnell", antwortete Brugger und ging hinein. Er hatte Kellers Kleidung wahrheitsgetreu beschrieben. Es hätte ein Test seiner Zuverlässigkeit sein können. Insgeheim hatte er gehofft, sie würden auf seine Auskunft hin einfach weitergehen, aber das wäre natürlich ziemlich unprofessionell gewesen. Dieser Polizist war undurchschaubar für ihn, aber er spürte ein wenig das Misstrauen, welches Rössle ihm entgegenbrachte.

Mit gespielter Eile trat Brugger wieder hinaus und übergab Rössle dienstbeflissen die Telefonnummer. Dieser hatte sein Mobiltelefon bereits in der Hand und wählte sofort. Er ging etwas zur Seite, sodass sein Gespräch nur bruchstückhaft zu ihnen drang.

„Und, Hias, was treibscht so? Wie läuft's bei dir?"

„Ach, es geht so, i bin ja no nebenbei am Bau. Inzwischen verdien i mei Geld fascht ausschließlich im Winter. Im Sommer fällt nit mehr viel ab. I bin scho froh um meinen Polizisten", antwortete Steger und lächelte gequält. „I glaub, der isch scho okay“, schob er gleich hinterher, was Brugger zeigte, dass Steger schon begonnen hatte, sich über diese Unternehmung Gedanken zu machen. Er war lang nicht mehr da gewesen, und Bekannte hatten erzählt, er würde es zuweilen mit dem Alkohol etwas übertreiben. In der Tat sah er mindestens fünf Jahre älter aus, als er war. Brugger konnte nur nicht einschätzen, ob es am Alkohol oder an der Arbeit bei Wind und Wetter lag. Wahrscheinlich war es beides. Der Hias war immer ein intensiv lebender Mensch gewesen, zudem hatte er früher geraucht.

Rössle war fertig mit seinem Telefonat und gab den beiden ein Zeichen: Er wolle kurz in die Hütte austreten gehen. Das Pärchen hatte sich in weiser Voraussicht nach oben ins Lager verzogen, sodass niemand in der Stube saß, den Rössle hätte befragen können.

Nach ein paar Minuten, in der sich Steger und Brugger unverfänglich unterhielten, erschien Rössle wieder.

„Gut, wir können zurückgehen, der ist wohl im wahrsten Sinne über alle Berge. Ich danke Ihnen für Ihre Mithilfe, Herr Brugger.“

„Josef heiß i, keine Ursache“, antwortete Brugger und versuchte seine Erleichterung zu verbergen.

Sie schüttelten sich die Hände und verabschiedeten sich. Brugger blickte ihnen einen Moment grübelnd nach, dann beschloss er, zurück in die Hütte zu gehen. In seiner Stube angekommen, goss er sich einen doppelten Schnaps ein und setzte sich. Er war erleichtert, aber auch noch nicht ganz sicher, ob der Sache zu trauen war. Grübelnd blickte er nach rechts zur Ablage. Dort hing ein Stift an einer langen Schnur. Er baumelte wie ein Pendel hin und her. Brugger starrte ihn ungläubig an und schnellte dann hoch. Er schlug das Hüttenbuch auf. Jemand hatte das Tipp-Ex entfernt, er sah die Krümel auf der Ablage, und dieser Jemand konnte nur Rössle gewesen sein. Der Name Martin Kellers war leicht zu entziffern.

„Entschuldige, Martin, das war meine Schuld“, sagte er und ging seufzend aus der Hütte zu seiner Frau Hilde, die inzwischen eingetroffen war.

8

Keller konnte deutlich hören, wie die Enden des Seils auf dem Boden aufschlugen, als er es das letzte Mal in die Tiefe warf. Wenige Minuten später stand er unten. Er zog das Seil ab, entledigte sich des Klettergurts und packte die Sachen in eine Plastiktüte, die er rechts des Einstiegs in einer Felsnische verstaute. Dann steckte er seinen Helm in den Rucksack, drehte sich um und rannte die steilen Hänge hinab. Es war teils grasiges, teils schrofiges Gelände, ab und an gab es auch mal eine Schutthalde, die er abfahren konnte. Er wollte nicht noch von oben gesehen werden. Nachdem er über eine Geländekante gekommen war, sah er weit unten einen Wanderweg, der langsam absteigend das kleine Trogtal verließ, in dem er sich nun befand. Ab hier war er vom Grat aus erst mal nicht mehr zu sehen, und das beruhigte ihn zumindest etwas.

Eine knappe Stunde später lief er auf dem Wanderweg dem Kaltertal entgegen. Es war inzwischen nach achtzehn Uhr. Er bezweifelte, dass er das Kaltertal noch im Hellen erreichen würde, dafür war es zu weit. Glücklicherweise hatte er eine kleine LED-Stirnlampe in der Deckeltasche, die er dann benutzen könnte, sofern dies nicht zu verräterisch war, denn sicher fühlte Keller sich noch lange nicht. Schließlich war völlig unklar, wie die Begegnung von Brugger und den Männern verlaufen war.

Eine weitere Stunde später kam er an eine Straße, die eine Reihe von größeren Almen miteinander verband. Er wollte ihr folgen, aber so bald wie möglich auf einen Wanderweg abzweigen, falls es einen gäbe. Die Straße führte nach links, also nach Osten, langsam abwärts und wurde recht kurvig. Sie querte hier eine steile Felspassage, in die sie hineingesprengt war. Links war eine senkrechte Wand, und rechts jenseits der Leitplanke ging es fast ebenso senkrecht hinab. Keller fühlte sich unwohl, so ausgesetzt, und beschleunigte seinen Schritt.

Kurz bevor er das Ende dieses Abschnitts erreichte, hörte er ein Auto. Es war wohl noch etwas entfernt. Rund hundert Meter vor sich sah er ein gelbes Wanderschild, das nach rechts abwärts ins Tal zeigte, und begann zu rennen. Sie würden ihn doch nicht noch so kurz vor dem Tal kriegen! Überall hätte er abhauen können, nur hier nicht.

Als er dann endlich rechts auf den steil bergab führenden Pfad abbog, sah er das Auto um die Kurve biegen. Er rannte so schnell er konnte. Das Auto hielt am Abzweig, er konnte es deutlich in seinem Rücken hören. Welchen Grund sollte es geben, dort anzuhalten, als den, ihn zu verfolgen? Waren diese Männer nicht zu allem fähig, wenn sie einfach so sein Auto aufbrachen? Gab es noch Bedenken, gegebenenfalls auch ein Menschenleben zu opfern, wenn so viel auf dem Spiel stand? Er hatte Angst, gleich einen Schuss zu hören. Aber im nächsten Augenblick schrie eine Frauenstimme:

„Herr Keller? I bin die Sieglinde, die Schwester vom Josef! Kommen Sie!“

Ein paar Augenblicke später saß Keller bei Sieglinde Schuster im Auto und sie fuhren ins Tal.

„Der Josef hat mich heute Mittag angerufen und mich gebeten, Sie abzuholen, Herr Keller.“

„Ich heiße Martin. Vielen Dank!“

„Gut, i hab ja scho gsagt, i bin die Sieglinde. Du kannscht bei uns übernachten, wenns'd moagst.“

Sieglinde Schuster war ebenso schlank und dunkelhaarig wie ihr Bruder Josef, jedoch nicht ergraut, was wohl auch daran lag, dass sie sechs Jahre jünger war. Vielleicht hatte sie bei ihren halblangen Haaren auch etwas nachgeholfen, aber es sah nicht danach aus. Sie war etwas kleiner als Josef, hatte aber die gleiche herzliche Art und die gleichen warmen, braunen Augen.

Als Erstes wollte Keller mit Josef sprechen, er musste einfach wissen, wie es auf der Alm gelaufen war. Danach würde er Nadine kontaktieren. Sein Mobiltelefon konnte er dazu nicht mehr verwenden, das war ihm inzwischen klar. Und das von Nadine wurde vielleicht auch abgehört.

„Vielen Dank. Darf ich dich zuerst um etwas anderes bitten? Ich würde gerne noch mal mit Josef sprechen. Darf ich dein Telefon benutzen?“

„Bitte schön.“ Sieglinde suchte Josefs Nummer heraus und reichte ihm ihr Handy.

„Danke.“

Schon nach kurzer Zeit meldete sich Josef Brugger:

„Servus, Sieglinde!“

„Hallo, Josef, hier ist Martin. Wie ist es gelaufen?“

„Martin, Gott sei Dank. Es tut mir leid, aber i glaub, die werden mir so schnell nit los. Und des is alles mei Schuld.“

Martin hörte im Hintergrund ein brummendes Geräusch. Auch Josef Brugger war offenbar in einem Auto unterwegs.

9

Rössle hatte der gefälschte Eintrag im Hüttenbuch nicht überrascht. Er hatte schon beim Telefonat mit Brugger das Gefühl gehabt, keine aufrichtige Auskunft erhalten zu haben. Rössle kannte die Menschen. Vor allem die, die selten logen, waren für ihn meist ein offenes Buch, daran konnte auch ein starker Dialekt nichts ändern.

Auf dem Rückweg hinauf zur Oberwiesler Scharte überlegte er, was aus seinen Erkenntnissen folgte. Eines war klar, Keller war weder heute noch gestern zur Alpenvereinshütte und dann nach Norden weitergegangen. Er war heute verschwunden, möglicherweise sogar kurz vor ihrem Eintreffen. Josef Brugger schien sie schon erwartet zu haben, er war im Bilde. Gut, wer weiß, was Keller ihm erzählt hatte. Aber wie konnte Keller ahnen, dass sie kommen würden? Ob er wohl mit seiner Freundin Nadine Mercier telefoniert hatte? Sie hatte komisch geschaut, als Rössle sie befragt hatte. Allzu viel wusste sie aber wohl nicht, das hatte auch die schon seit Längerem laufende Observierung durch seinen Kollegen ergeben, der immer noch an ihr dran war. Er würde ihn gleich anrufen und sich auf den neuesten Stand bringen lassen.

Nein, eigentlich gab es nur eine logische Erklärung für Kellers eiliges Verschwinden. Er musste ihn dabei beobachtet haben, als er den Bus geöffnet hatte, oder jemand musste es ihm erzählt haben. Und auch, dass sie kamen. Dann konnte Keller freilich noch nicht weit sein. Das Dumme war nur, dass er jetzt gewarnt war. Das war ein taktischer Nachteil, ärgerlich, aber nicht weiter schlimm. Viele von Rössles Fällen fingen von vornherein so an. Hier hatte er sich nur um einen kleinen Vorteil gebracht.

Walter Rössle hatte auch darüber nachgedacht, ob Keller sich vielleicht in der Hütte versteckt hielt. Doch dazu war Josef Brugger einfach zu souverän gewesen. Klar, Brugger hatte gelogen, aber er konnte sich dabei sicher fühlen, weil Keller längst weg war. Rössle irrte sich selten in der Beurteilung der Glaubwürdigkeit von Menschen.

„Hias, was würdest du machen, wenn du deine Verfolger auf der Oberwiesler Alm schnell abhängen wolltest?"

„Wieso? Er ist doch gestern weiter zur Alpenvereinshütte gegangen."

„Nein, das ging schlecht, weil er auf der Alm übernachtet hat. Es stand im Hüttenbuch."

„Dann hat uns der Josef ja angelogen!" Steger zog die Augenbrauen hoch.

„Ja, das hat er." Rössle erwähnte nicht, wie er an diese Information gekommen war.

„Hm, ich denke, es kommt darauf an, ob man a geübter Alpinist oder nur a Gelegenheitswanderer ist."

„Nehmen wir mal den geübten Alpinisten."

„Am schnellsten geht's nach Süden. Da gibt's eine Abseilpiste über eine eher selten gemachte Klettertour."

„Das ist es!"

„Da brauchst aber a langes Seil und an Klettergurt. Hat der so was dabeighabt?"

„Nein, das glaube ich nicht."

„Und wo soll er das dann plötzlich herhaben?"

„Von deinem Freund, dem Hüttenwirt!"

Sie stiegen weiter bergauf, es kam nun das steilste Stück des Rückwegs und Rössle hatte zum Reden erst mal nicht mehr genügend Puste.

Er war nun inzwischen etwas erschöpft und so ging es eher langsam bergan. Daher war es dann schon halb fünf, als sie wieder in der Oberwiesler Scharte standen und noch einmal zurückschauten. Rössle konnte immer noch keinen Einzelwanderer mit rotem Rucksack ausmachen, der aus irgendeinem Versteck zurück zur Alm kam. Keller war im Süden, aber wo? Sofort begannen sie mit dem Abstieg zum Auto.

„Was gibt's da im Süden? Wohin könnte er da wollen?"

„Na ja, da sind erst mal nur Ober- und Niederkaltern. Nicht mal der Bus fährt dahin. Er müsste wohl versuchen, bei irgendjemand mitzufahren. Aber bis der da hinkommt, wär's ja scho dunkel. Dann is dort nit mehr viel los."

„Gibt's dort Pensionen oder Gasthäuser?"

„Ja, die gibt's. Erst mal des Gasthaus zum Roten Kreuzkogel. Und dann noch a paar Pensionen, so kleine Familienbetriebe, die meisten haben noch a Landwirtschaft dabei. Eine davon gehört am Schwager vom Brugger."

„Na also. Dann fahren wir da zuerst hin."

Bergab war Rössle kaum langsamer als sein Führer.

Um kurz vor sechs Uhr abends fuhren sie die Almstraße hinab. Es war eine gute Stunde bis zur Südseite des Gebirges. Rössles Fahrstil ließ sogar den ansonsten unerschrockenen Hias Steger blass werden. Walter Rössle war vollkommen fokussiert auf sein Ziel. Noch einmal wollte er Keller nicht entkommen lassen.

10

Martin Keller beschloss, Sieglinde so weit als nötig einzuweihen und ihr zu berichten, was auf der Alm passiert war. Sie würde es von Josef sowieso erfahren. Er entschied sich, Nadine nicht anzurufen, vielleicht hatten sie ihr Telefon angezapft und vielleicht überwachten sie auch ihn schon länger. Vor vier Tagen hatte er seinem Chef erklärt, dass er das Medikament für nicht zulassungsfähig hielt, weil das Risiko gegenüber dem Nutzen überwog. Kranek hatte mit Unverständnis reagiert. Er hatte Kellers Einwände als waghalsige Vermutungen ohne belastbare Datengrundlage abgetan. Sie waren zu keinem gemeinsamen Ergebnis gekommen.

Am liebsten wäre er danach schon aufgebrochen, aber er wollte Nadine die Freude am gemeinsamen freien Wochenende nicht nehmen. Als sie dann am Sonntag ins Krankenhaus gefahren war und auch sein Dienstbeginn unaufhaltsam näher rückte, war ihm klar geworden, dass er um eine Entscheidung nicht mehr herum kam. Eine Entscheidung, die er hier in den Bergen mit der notwendigen Distanz und Ruhe reifen lassen wollte. Aber von Ruhe konnte nun nicht mehr die Rede sein.

Es war kurz nach sieben, als sie die ersten Häuser von Oberkaltern erreichten.

„Bitte fahr an eurem Hof erst mal vorbei. Vielleicht sollte ich besser woanders schlafen. Nach dem, was dein Bruder gesagt hat, ist es nicht unwahrscheinlich, dass sie sich denken können, dass ich hier auftauche."

Sie passierten den Gasthof zum Roten Kreuzkogel, der einladend beleuchtet war. Unter anderen Umständen wäre Keller sicher umgehend eingekehrt, aber er verschwendete keinen Gedanken daran, obwohl er, seit er an der Abseilpiste angekommen war, nichts mehr gegessen hatte. Die schmale Ortsdurchfahrt wand sich an der hübschen Dorfkirche und einem kleinen Plätzchen vorbei und verließ kurz darauf Oberkaltern.

Der Schusterhof lag am oberen Ortsausgang von Niederkaltern. Gegenüber der Abzweigung der Straße, die nach etwa hundert Metern zum Hof führte, lag ein gekiester Wanderparkplatz mit ein paar Bäumen, durch die ein metallisches Blitzen zu erahnen war. Keller glitt mit dem Rücken die Sitzlehne hinab und sah das Auto erst im letzten Moment. Der silbergraue Pajero stand unbeleuchtet unter dem Blätterdach und war von den Kehren oberhalb fast unsichtbar gewesen.

„Fahr weiter", zischte Keller, der inzwischen ganz in den Fußraum des Beifahrersitzes gerutscht war. „Fahr ganz normal weiter, ich glaube, da sind sie."

Sieglinde Schuster wagte kaum nach links zu schauen. Da stand ein Geländewagen. Ja, jetzt hatte sie ihn auch gesehen. Sie bemühte sich, die Straße möglichst unaufgeregt weiter bergab zu fahren und schaute in den Rückspiegel. Es schien nicht so, als würde man ihnen folgen. Wo war sie da nur hineingeraten? Na ja, Josef wusste normalerweise immer ganz genau, was er tat. Sie kannten sich ein Leben lang und er hatte ihr immer geholfen, wenn er konnte. Und sie ihm natürlich auch.

Es wäre möglich gewesen, Keller in ein anderes Gasthaus oder eine Pension zu bringen, aber dann gäbe es Mitwisser und Formulare. Die konnten sie beide nicht gebrauchen. Heute Abend musste sie irgendwann wieder bei den Gästen in ihrer Pension auftauchen, die ihre Tochter gerade verpflegte. Was sollte sie tun? Ihr Mann war auf einer Gemeinderatssitzung. Er arbeitete aber von Zeit zu Zeit in einem Sportgeschäft einen Ort weiter, unten in Pfals, um zum kärglichen Einkommen des Hofs und der Pension noch ein paar Euro dazuzuverdienen. Auch morgen Vormittag war er dort. Ab Pfals fuhr der Bus, und es gab sogar ein kleines Skigebiet mit einem langen Doppelsessellift, der für die Wanderer auch im Sommer lief. Damit versprach man sich eine Steigerung des Sommertourismus, da die immer milderen Winter leider immer weniger abwarfen. Hinzu kam die Wirtschaftskrise. Die Bemühungen hatten gefruchtet und auch das „Ski- & Berglädle Weiskopf" machte im Sommer ganz gute Umsätze. Die Leute kauften nun Wanderschuhe, Rucksäcke, Wanderstöcke, Kleidung und andere Bergausrüstung anstatt Overalls oder Skiausrüstung. Der Ladenschlüssel hing am Zündschlüssel des Wagens.

„Hascht du schon mal in einem Sportgeschäft übernachtet? Sie haben auch a paar Liegematten und Schlafsäcke dort."

„Nein, noch nie. Das hört sich gut an. Gibt es dort auch einen Computer mit Internetanschluss?"

11

Nach einer für Hias Steger nervenaufreibenden Fahrt traf er mit Rössle um kurz vor sieben an der Abzweigung zum Schusterhof ein. Auf der Fahrt hatte Rössle teils unglaubliche Überholmanöver hingelegt, sodass Steger einige Male schon mit seinem Dasein abgeschlossen hatte. Die haarsträubendste Aktion hatte noch auf der Almstraße stattgefunden. Ein Almwirt war mit Anhänger vor ihnen hergefahren. Als der Weg mal kurz etwas breiter war und daneben nur eine Almwiese lag, hatte ihn Rössle derart knapp überholt, dass der Bauer auf die Wiese abgedrängt wurde. Sein wütendes Hupen war noch einige Kurven weiter unten zu hören. Würden sich alle Deutschen in Tirol so benehmen, gäbe es wohl Mord und Totschlag.

„Existiert noch eine andere Zufahrt?“, fragte Rössle und zeigte auf den Schusterhof.

„Na, soweit i mich erinnern kann, nit.“

Steger kam sich inzwischen wie ein Denunziant vor. Vor vielleicht zwanzig Jahren war er einmal mit Josef Brugger hier gewesen. Aber vielleicht tat er ihm auch einen Gefallen, wenn Brugger auf diesen Keller hereingefallen und er tatsächlich ein übler Zeitgenosse war.

„Gut, dann parken wir gegenüber und warten.“

Rössle hielt unter einem großen Baum mit dichtem Blätterdach. Er nahm einen Block, einen Stift und ein Fernglas. Zuerst schaute er mit dem Fernglas zum Hof hinüber.

„Nur auswärtige Kennzeichen“, murmelte Rössle, „die sind wohl unterwegs.“

Ab da notierte er Typ, Farbe und Kennzeichen der vorbeifahrenden Autos. Natürlich interessierte er sich vor allem für jene, die von oben kamen. Aber keines davon bog zum Schusterhof ab, sondern nur ein Auto, das von unten kam. Und dieses Auto stand bereits auf Rössles Liste. Es hatte ein lokales Kennzeichen und war eine knappe halbe Stunde vorher von oben kommend vorbeigefahren. Eine Person hatte er notiert, aber das hieß natürlich erst mal nichts. Durch das Fernglas sah er eine Frau aussteigen.

„Die Schwester vom Brugger, hat die dunkle Haare und ist so eins siebzig?“, fragte Rössle und hielt Steger das Fernglas hin. Steger nahm es und sah hindurch.

„Ja, i denk mal, des isch se, i hab sie allerdings in letzter Zeit nur zwoa, drei Mal auf der Oberwiesler Alm gesehen.“

„Keller ist nicht auf dem Schusterhof. Er ist wahrscheinlich irgendwo da unten. Wir klappern jetzt mal alle Pensionen ab, aber vorher hänge ich eine Kamera in den Baum dort. Nicht, dass er doch noch hier vorbeikommt“, sagte Rössle, stieg aus und kramte in seinem Kofferraum herum.

Die Kamera war perfekt als Vogelhäuschen getarnt, das er mit einem Nagel am Baum befestigte.

Danach fingen sie an, die Pensionen von Niederkaltern abzuklappern. Rössle behauptete, er sei ein Bergfreund von Keller und sie hätten sich im Gasthaus verabredet, aber er sei nicht da gewesen, und da er den Verdacht habe, einer von ihnen habe sich in der Uhrzeit oder im Datum geirrt, suche er ihn jetzt. So verging die Zeit ohne greifbares Ergebnis. Schließlich klingelte er bei Hans Mogler vom Sonnblick, der letzten Pension vor Ort, doch auch der hatte Keller nicht einquartiert.

„Darf ich Sie noch um eine Auskunft bitten: Wo und wann fährt hier der nächste Bus?“

„Drunten in Pfals, morgen in der Früh um kurz nach siebene.“

In Pfals gab es natürlich noch viel mehr Pensionen und Hotels. Trotzdem beschloss Rössle, dort weiterzusuchen. Und morgen früh wollte er sich die Fahrgäste des ersten Busses anschauen. Vielleicht sollte er auch noch eine Kamera bei der Haltestelle montieren. Er wusste ja, wie Keller aussah, denn er hatte ihn wochenlang observiert. Allerdings hatte er nur noch ein Vogelhäuschen, und das passte auffallend wenig zur Lokalität, wie er später feststellen musste. Er hätte es nur an einen stählernen Laternenpfahl nageln können.

Auf der Fahrt nach Pfals telefonierte Rössle mit seinem Kollegen Mertens, der Nadine Mercier überwachte. Mertens hatte sowohl die Wohnung von Nadine Mercier als auch die von Martin Keller durchsucht. Freilich so dezent, dass er dabei keine Spuren hinterlassen hatte. Bei Keller hatte er die Fotokopie gefunden, die sie gesucht hatten. Er hatte den Firmenkopierer benutzt und dabei offensichtlich nicht bedacht, dass moderne Geräte im Grunde Scanner waren und einen Speicher hatten, der sich auslesen ließ. Keller hatte natürlich seine Kopierkarte benutzt. Nun war eindeutig klar, dass er zum Sicherheitsrisiko geworden war. Das Original hatten sie in einer Schublade seines Schreibtischs in der Firma entdeckt.

Mertens hatte dann alle relevanten Dateien von den dienstlichen und privaten Rechnern der beiden gelöscht, sodass sie nicht zu rekonstruieren waren. Stattdessen hatte er die gewünschte Version des Berichts und alle damit in Zusammenhang stehenden Dateien und Protokolle installiert – und noch ein paar kompromittierende dazu.

12

Sieglinde Schuster hielt im Hof hinter dem Haus und stellte den Motor ab. Sie stiegen aus, Martin Keller nahm seinen Rucksack und sie gingen zur Tür.

„Hier gibt's an Seiteneingang zum Gschäft. Morgen früh kimmt mei Mann dann etwas früher. I lass dir den Schlüssel da, damit du die Tür verriegeln kannscht. So gegen Viertel vor neun ruaft er di im Laden an, dann kannscht du ihm von drinnen aufsperren. Passt des so für di?"

Keller dachte kurz nach und nickte.

„Ja, danke. Kannst du mir die Nummer deines Mannes und deines Bruders dalassen?"

„Kein Problem. Wenn du was zu essen und zu trinken suchst: Im Büro is a Kaffeemaschine. Und an Kühlschrank gibt's auch, da müsst eigentlich was drinnen sein. Ansonsten sind im Schrank daneben immer noch a paar Riegel, Schokolade und so a Zeug. Da hat's au a paar Tassen, Teller und Besteck."

Sie traten ein. Ein Flur führte zum Verkaufsbereich, vor diesem lagen links das kleine Büro und eine Toilette, rechts das Warenlager und die Skiwerkstatt. Der Laden am Ende des Flurs war in schummriges Licht getaucht, nur die Schaufenster ganz hinten waren hell erleuchtet.

„Schlafsack und Isomatte holst dir wahrscheinlich am besten aus dem Lager. In der Skiwerkstatt müsst am meisten Platz zum Schlafen sein. Brauchst no was?"

„Nein, vielen Dank. Ich bin euch sehr dankbar. Ich hoffe, wir sehen uns mal wieder, wenn alles wieder in Ordnung ist. Dann revanchiere ich mich."

„Passt scho, hoff mer mal, dass sich alles gut ausgeht. Mein Mann ruft di nachher noch mal an. Alles Gute, Martin."

Wenig später war er allein. Er schloss von innen ab und ließ den Schlüssel stecken. Als er gleich darauf das Fenster des stickigen Büros kippte, konnte er Sieglinde Schuster davonfahren hören. Ihre Scheinwerfer warfen kurz ihr Licht durch die Ritzen des Rollladens.

Er ging ins Lager, holte sich eine Isomatte und fand nach kurzem Suchen auch einen leichten Sommerschlafsack. Beides trug er in die Werkstatt, die etwas angestaubt auf den nächsten Winter wartete. Obwohl sie wahrscheinlich momentan kaum genutzt wurde, roch es nach Wachs, Öl und den Kunststoffhüllen, in denen die Skier steckten, die links aufgereiht an der Wand standen. Auch hier kippte er das Fenster, dessen Rollladen ebenfalls geschlossen war. Er legte die Matte auf den freien Platz gleich unterhalb des Fensters und öffnete den Schlafsack, sodass er ihn als Decke verwenden konnte. Es würde sicher nicht kalt sein in dieser Nacht.

Sein Magen knurrte schon eine ganze Weile und er hatte einen staubtrockenen Mund. Im Kühlschrank war Wasser, Saft und Bier, eine Salatgurke, Schinken, Käse und Aufstrich, dazu Joghurt und ein Brot in einer Plastiktüte. Es war ein Festmahl. Keller saß im Bürostuhl, trank eine ganze Flasche Wasser aus und aß etliche Scheiben Brot, die er großzügig belegte. Wie wäre es ihm ohne diese Hilfsbereitschaft ergangen? Er wollte es sich gar nicht ausmalen.

Der Computer stand auf dem Schreibtisch direkt vor ihm. Er schaltete ihn an und wartete, bis er hochgefahren war. Er hatte bereits damit gerechnet, dass man ein Passwort brauchte und wollte Josef Bruggers Schwager gleich danach fragen, sobald dieser anrief.

Dann ging er in den Flur zu seinem Rucksack und öffnete die Deckeltasche..Darin war ein wasserdichter Dokumentenbeutel. Keller griff hinein und hielt kurz darauf einen kleinen USB-Speicherstick zwischen seinen Fingern. Auf diesem USB-Stick waren sein Sonderbericht und der gesamte Schriftwechsel mit allen Beteiligten der Studie zu CC-784. Martin Keller steckte ihn in den Computer. Es war ihm bewusst, dass diese Dokumente nur die halbe Miete waren. Er würde Hilfe brauchen, aber er hatte durchaus Grund, seinem bisherigen Umfeld zu misstrauen. Seine beruflichen Kontakte waren alle mehr oder weniger Teil der Pharmabranche. Er würde beweisen müssen, dass nicht nur der todkranke Ernst Breitwieser Opfer jenes Mittels geworden war, das ihm hätte helfen sollen. Und das war nicht einfach.

Um kurz nach neun Uhr klingelte das Telefon. Keller hob ab.

„Martin Keller."

„Markus Schuster. Grüß di, is alles in Ordnung?"

„Ja, vielen Dank."

„Bleibt's bei dem, was mir die Sieglinde gsagt hat?"

„Ja, ich ruf gleich noch mal den Josef an und sag dir Bescheid, wenn sich was ändert."

„Guat. Die Sieglinde hat auch gesagt, du wolltest den Rechner benutzen. Da gibt's a Passwort. Des hoaßt ‚Kreuzkogel', alles klar?"

Keller gab es sofort ein und hatte Erfolg.

„Alles klar. Vielen Dank euch beiden, ich ..."

„Ja, passt scho. Mir sehn uns morgen, schlaf guat!"

„Du auch, bis dann."

Er legte auf und dachte nach. Jetzt bloß keinen Fehler machen. Er ging hinaus in den Laden und lugte vorsichtig auf die nur mäßig belebte Einkaufsstraße von Pfals hinaus. Ein paar Touristen und wenige Einheimische schlenderten draußen vorbei. Man konnte sie gut an ihrer Kleidung unterscheiden. Die Urlauber hatten sich zumeist in Funktionsklamotten oder ein wenig Klischeetracht geworfen, während diejenigen, die er für die Ansässigen hielt, ganz normal gekleidet waren. So glaubte er es jedenfalls. Ob er auch so leicht zu durchschauen war? Ganz sicher war er das, sagte er sich und musste lächeln. Was würden seine Gegner von ihm glauben? Sie nahmen sicher an, dass er sein Netzwerk einschalten würde, dass er sich verhalten würde wie immer. Eigentlich war er ein ehrlicher, kalkulierbarer Typ. Was wäre, wenn er sich an völlig Außenstehende wenden würde, die keiner kannte? Oder wenn er mit einstigen Gegnern zusammenarbeiten würde? Aufgeben kam für ihn jetzt nicht mehr in Frage, und seinen Job war er wohl ohnehin los.

Draußen fielen erste Regentropfen. Der Himmel hatte sich mit einem milchigen Schleier überzogen. Bereits am Morgen hatte er hoch oben die ersten Zirren gesehen. Eine Warmfront, dachte Keller und ging zurück ins Büro. Er griff in die Seitentasche seiner Jacke, die über dem Bürostuhl hing, und holte die Visitenkarte von Klaus Herrmann heraus, dem Medizinstudenten aus Heidelberg. Dann machte er sich an die Arbeit.

Eine halbe Stunde später rief er Josef Brugger an.

„Hallo Josef, hier ist der Martin."

„Grüß di, Martin, wo bist du? I bin schon drunten im Tal. Kann i dir no was helfen?"

„Ich bin im Sportgeschäft von deinem Schwager Markus."

Keller berichtete ihm, dass er sich per E-Mail an Klaus und Stefanie gewandt hatte. Er hatte ihnen auch die Nummer von Bruggers Mobiltelefon gegeben, da er seines nicht mehr anstellen wollte.

„Ich wäre dir dankbar, wenn du mich morgen früh hier abholen und zu irgendeinem Bahnhof fahren könntest. Ich muss noch warten, bis um kurz vor neun der Markus kommt, weil ich seinen Schlüssel habe, und würde mich dann irgendwo mit dir treffen, okay?"

„Klar, des mach i gern. Da is a Bäcker mit Café, wennscht rausgehst glei zweihundert Meter rechts", entgegnete Brugger.

„Ja, den Bäcker hab ich gesehen. Danke dir, Josef, ohne dich hätten sie mich wahrscheinlich schon erwischt."

„Is scho guat, Martin, bis morgen. Is no was?"

„Nein, bis morgen."

„Wenn no was is, ruafst mi an!“
„Mach ich, danke.“
Keller legte auf und grübelte darüber nach, was nun noch alles schiefgehen könnte. So richtig sicher fühlte er sich nicht. Aber draußen im Ort herumzulaufen wäre die noch schlechtere Wahl gewesen und bei dem Regen auch die reichlich unangenehmere.

Eigentlich gab es jetzt nichts mehr, was er noch tun konnte. Trotzdem kreisten seine Gedanken wie ein außer Kontrolle geratenes Karussell, das nicht zum Stillstand kommen wollte.

Das war auch noch so, als er schlafen ging. Zum ersten Mal benutzte er den Wecker seiner Armbanduhr. Es war kurz nach dreiundzwanzig Uhr. Sein Mobiltelefon, das sonst immer als Wecker gedient hatte, würde er wohl so bald nicht mehr anschalten. Draußen tröpfelte der Regen auf das Fensterbrett.

Als er im Schlafsack lag, seinen Kopf auf seine Fleecejacke bettete und die Augen schloss, sah er noch einmal die zwei Männer, die sein Auto aufbrachen. Er blickte in den Abgrund des Felspfeilers, über den er abgeseilt hatte, sah die ganze Luft unter sich, als er am Seil hinunterrutschte. Die Tiefe saugte ihn unwiderstehlich an und er tauchte ein in die Schwärze der Nacht.

Er saß in einem Auto. Neben ihm erzählte eine Frau mit einem schönen, ernsten Gesicht wirre Geschichten. Es war dunkel und sie fuhr. Die Scheinwerfer beleuchteten nur unzureichend die Straße. Er kniff die Augen zusammen, um etwas zu erkennen, und sah rechts den Wald schemenhaft vorbeihuschen. Dann blickte er nach links zu seiner Begleiterin. Erst jetzt fiel ihm auf, dass sie lauter Narben in ihrem Gesicht hatte. Als er wieder nach vorne schaute, sah er die Straße in einer Nebelwand verschwinden. Dann kamen zwei kleine rote Punkte auf ihn zu.

„Antje…!“, schrie er, doch der Lastwagen raste unausweichlich auf sie zu.

Er hörte noch das furchtbare Krachen und ihren Schrei. Dann öffnete er die Augen. Die Geräusche hallten in seinem Kopf nach. Es war kurz vor fünf. Er erhob sich völlig verschwitzt und ging zur Toilette.

Als er auf der Toilette saß, sah er das blutende Gesicht seiner damaligen Freundin vor sich. Er hatte diesen Traum schon lange nicht mehr gehabt. In den Jahren nach dem Unfall war er sehr häufig gekommen. Schließlich hatte ihn dieser Traum nur noch heimgesucht, wenn er irgendeine unterschwellige Angst mit sich herumtrug. Diesmal brauchte er nicht lange nachzudenken, woher diese Angst kam. Aber eigentlich hatte er das Übelste doch schon hinter sich.

Er stand auf, drückte die Spülung und begab sich wieder schlaftrunken in seinen Schlafsack in der Skiwerkstatt. Als er sich auf die Seite gedreht und die Augen geschlossen hatte, suchte er tief in seinem Gedächtnis nach ihrem Gesicht vor dem Unfall, wie schön sie gewesen war und wie fröhlich. Er dachte an die jährliche Weinlese in Vaters geerbtem Weinberg, in dem ein Mischsatz aus uralten Riesling-, Silvaner- und Traminerreben geerntet wurde, die gemeinsame Brotzeit, bei der Wein aus dem Vorjahr ausgeschenkt wurde, mit allen Verwandten und Freunden der Eltern, die alle etwas mitbrachten, Wurst und Schinken, Braten, Spundekäs, Kartoffelsalat und allerlei Beilagen. Ein Onkel schenkte stets vom selbst gebrannten Schnaps ein und man musste auf der Hut sein, um den Tag einigermaßen ohne eine unangenehme Magenverstimmung zu überstehen. Es war immer ein fröhliches und zuweilen auch kurioses Wochenende, manchmal wurden die kompletten Restbestände des Vorgänger-Jahrgangs geleert.

Antje war seine einzige Freundin, die er bislang seinen Eltern vorgestellt hatte. Sie war damals ein Teil der Familie geworden. Nadine würden seine Eltern bald kennenlernen, er hatte es sich vorgenommen, als er ihnen von ihr erzählte, von sich aus, was lang nicht mehr geschehen war.

Überhaupt würde er Nadine bald wieder an sich drücken, bald würde ihn Josef abholen und – bald darauf – schlief er endlich wieder ein.

13

Klaus Herrmann und Stefanie Meiser waren nach den Ereignissen auf der Oberwiesler Alm noch in der Nacht mit ihrem alten VW Passat nach Hause gefahren. Einerseits war die Wetterprognose nicht berauschend, andererseits war ihnen einfach unwohl nach diesen seltsamen Ereignissen. So war ihnen die Entscheidung nicht schwergefallen, zumal Josef Brugger angeboten hatte, sie in seinem alten weißen Mercedes-Geländewagen mit ins Tal zu nehmen. Er wollte sie offenbar gerne aus der Schusslinie haben, vielleicht kamen die beiden Männer ja noch mal zurück.

Unten angekommen schloss er die Schranke am Beginn seines Hüttenwegs auf, und so waren sie wenig später wieder auf dem Parkplatz.

Sie verabschiedeten sich von Josef. Er hatte während der Fahrt mit Martin Keller telefoniert, und es schien so, als sei die Sache noch nicht ausgestanden. Auch hatten sie den Eindruck, dass diese ganze Angelegenheit der eigentliche Grund dafür war, das Josef Brugger ins Tal fuhr. Aber das war natürlich nur eine Vermutung.

Um halb elf kamen sie schließlich in ihrer Wohngemeinschaft an. Hier wohnte außer ihnen nur noch Maximilian „Max“ Behr, ein Informatik-Langzeitstudent, der nicht aufgrund fehlender Fähigkeiten noch immer studierte, sondern weil er sich seinen leidlichen Lebensstandard mit einer Reihe von schlecht bezahlten Jobs erhielt, in denen er sich etwas verheddert hatte. Neben seinen Computern gehörte Max' Herz den Fußballern der TSG 1899 Hoffenheim, deren Heimspiele er regelmäßig besuchte, sofern es seine aktuelle Finanzlage zuließ.

Klaus kochte erst einmal ein paar „schnelle“ Nudeln, während Stefanie auspackte, sodass sie um kurz vor elf am Küchentisch saßen. Während Klaus seine dampfenden

Spaghetti mit Tomatensoße und etwas Käse auf seiner Gabel drehte, öffnete er mit der anderen Hand sein Notebook, schaltete es an und loggte sich in sein E-Mail-Postfach ein. Es enthielt zunehmend mehr Werbemüll, seit seine Adresse auf der Homepage der Uni-Fachschaft präsent war, sodass er in der Hauptsache mit dem Löschen dieser ungewünschten Nachrichten beschäftigt war. Die dritte Mail aber ließ ihn stocken und er legte seine Gabel erstaunt zurück in den Teller.

„Was ist?", fragte Stefanie kauend.

„Du, der Martin Keller hat mir geschrieben. Ach du meine Güte, da hängen lauter Dateien mit dran. Er glaubt offenbar, dass man ihn reingelegt hat, weil er die Zulassung irgendeines Medikaments verhindern wollte. Deshalb würden sie ihn verfolgen. Am besten liest du es selber."

Klaus drehte das Notebook zu ihr und Stefanie ließ die Gabel sinken und las.

Lieber Klaus, liebe Stefanie!

Ich hoffe, ihr seid gut daheim angekommen.

Klinische Studien sind eine durchaus sinnvolle und notwendige Angelegenheit. Ich würde auch dir, lieber Klaus, nicht davon abraten, dich in diese Richtung zu entwickeln. Nur habe ich diesmal offenbar Pech gehabt. Ich glaube nämlich, dass man mich in meiner Firma reingelegt hat. Dies war offenbar möglich, weil mein Chef Dr. Kranek (von der Firma Europharma bei Konstanz) die Durchführung der Studie manipuliert hat. Das ist jedenfalls meine feste Überzeugung. Ich sende euch hier ein paar Dokumente, die meiner Ansicht nach beweisen können, dass man mich zu Unrecht verfolgt. Seit ich als verantwortlicher Stufenplanbeauftragter der Firma erste Zweifel anklingen ließ, ob der mögliche Nutzen der Testsubstanz die erheblichen Nebenwirkungen überwiegt, werde ich offenbar überwacht. Ich befürchte, dass sie mein ganzes Umfeld kennen, und deshalb weiß ich nicht mehr so recht, an wen ich mich wenden soll. Ich hatte die Ergebnisse der Studie nicht nur auf meinem Computer am Arbeitsplatz und meinem Notebook gespeichert, sondern zusätzlich auf einem USB-Stick. Auch mein Sonderbericht ist dabei. Das alles schicke ich euch jetzt mit einer Bitte ..."

Schließlich sah Stefanie Meiser auf.

„Hast du alles gelesen?", fragte sie Klaus.

„So ungefähr."

„Sollen wir das machen?"

„Ich finde ja, versuchen wir's. Es hört sich schon ehrlich an. Es kann ja nicht legal sein, wenn deutsche Beamte einfach mal in Österreich Autos aufbrechen. Inzwischen möchte ich auch selber wissen, was an der Sache dran ist. Außerdem hängen wir dadurch, dass er uns den Kram geschickt hat, sowieso mit drin. Und wir haben ihm ja unsere Hilfe angeboten, also müssen wir ihm jetzt auch helfen, oder nicht?"

„Das sehe ich genauso. Morgen früh rufe ich meinen Vater an, der soll mal rauskriegen, was dieser Rössle für ein Typ ist. Und dann fahren wir nach Freiburg zu diesem Professor, den Martin erwähnt."

„Ich würde sagen, ich fahre allein nach Freiburg und du fährst nach Stuttgart zu deinem Vater. Sobald ich fertig bin, telefonieren wir."

„In Ordnung. Du kannst das Auto haben."

Nachdem sie gegessen hatten, lasen sie gemeinsam die Dokumente, die Keller geschickt hatte. Danach sandte Stefanie Meiser sie allesamt weiter an ihren Vater. Dann gingen sie zu Bett. Es würde morgen ein langer Tag werden.

MITTWOCH, 19. AUGUST

14

Am Mittwochmorgen um sieben Uhr bestiegen überwiegend Einheimische und ein paar Touristen den Bus an der futuristischen neuen Haltestelle in Pfals. Keller war nicht dabei. Rössles Suche am Abend zuvor war ergebnislos geblieben und es hatte auch niemand Martin Keller gesehen. Die Auswertung der Kamera im Vogelhäuschen auf dem Parkplatz bei Bruggers Schwester hatte ebenfalls nichts Neues erbracht. Rössle überlegte und wendete sich zu Hias Steger:

„Wahrscheinlich ist er noch hier. Beobachten wir wieder den Schusterhof, vielleicht fahren sie zu ihm. Dann hängen wir uns dran."

„Gut", erwiderte Steger nickend. Was hätte er auch sagen sollen? Die letzte, kurze Nacht hatten sie im Auto auf dem Parkplatz am Schusterhof verbracht, und Steger war dementsprechend gerädert. Rössle schien eine solche Übernachtung weit weniger zu schwächen. Früher hätte es ihm vielleicht auch nicht so viel ausgemacht, aber inzwischen war eine solche Nacht im Auto schlimmer als ein Biwak in den Bergen.

Diese Unternehmung war nicht das, was er sich vorgestellt hatte. Er hoffte inständig, Sieglinde Schuster nicht begegnen zu müssen, die ihn vielleicht von früher noch kannte. Außerdem würde ihr Josef Brugger schon von seinem Erscheinen berichtet haben. Was sollte er sagen, wenn sie ihn fragen würde, warum er sich in den Dienst dieser Sache gestellt hatte? Aber nein, sie würde sicher nicht fragen, sagte er sich. Er war hier nur ein Dienstleister für die Berge, und warum hätte er auch ablehnen sollen? Das Einzige, was ihn grübeln ließ, war das aufgebrochene Auto. Aber was wusste er schon, was sich solche Polizisten herausnahmen? Rössle müsste sich ja schließlich dafür verantworten und nicht er. Nein, er war hier nur als Bergbegleitung dabei und mehr nicht.

Also fuhren sie wieder zum Parkplatz gegenüber der Abzweigung zum Schusterhof. Rössle zückte sein Notizbuch und begann, wie schon am Abend zuvor, Typ und Kennzeichen der passierenden Autos zu notieren. Hin und wieder schaute er durch sein Fernglas hinüber, aber es tat sich nichts.

Um halb neun verließ eine Urlauberfamilie den Hof. Fünf Minuten später kam ein Mann heraus und stieg in das Auto, mit dem Sieglinde Schuster gestern angekommen war. Rössle legte das Fernglas zur Seite. Das musste ihr Mann Markus sein. Wo wollte er hin? Nach der Auskunft von Hias Steger hatten sie nur die Landwirtschaft und die Pension.

Rössle startete seinen Wagen und folgte ihm. Schuster fuhr durch Niederkaltern und durch Pfals, wo er im Zentrum in einem Hinterhof hielt und ausstieg. Er öffnete eine Tür und ging hinein. Die Rollläden der Fenster daneben waren heruntergelassen. Es war wohl der Seiteneingang des Berg- und Skisportgeschäfts, an dem sie vorher vorbeigekommen waren. Rössle war unschlüssig.

„Na, da wird der Keller kaum sein, der Markus arbeitet da wohl“, meinte Hias Steger. „Vielleicht hättest du dich an die Sieglinde halten sollen.“

„Ich weiß nicht. Wir können ja mal außen herumgehen. Die öffnen sicher gleich“, meinte Rössle nachdenklich, und sie stiegen aus.

Nachdem er einen Blick auf die Uhr geworfen hatte, es war fünf vor neun, entschied er sich dafür, unbeteiligt am Geschäft vorbeizuflanieren, um einen Blick ins Schaufenster und in das Innere des „Ski- & Berglädle Weiskopf“ zu riskieren. Schließlich kannte er Martin Kellers Gesicht, aber dieser nicht das seine, sodass er nichts befürchten musste.

Steger blieb am Auto stehen. Um diese Zeit war auf der Einkaufsstraße dieses beschaulichen Alpenurlaubsorts noch nicht viel los. Einzelne Einheimische und Touristen huschten mehr oder weniger eilig mit den Papiertüten des Bäckers vorbei und interessierten sich offenbar um diese Uhrzeit nicht sonderlich für ihre Umgebung.

Rössle blickte durch das Schaufenster in den Laden. Hinter ein paar runden Kleiderständern mit Jacken und Regalen mit Wanderschuhen, Büchern, Karten, Rucksäcken, Wandersocken, Mützen und Hüten konnte man eine lange Ladentheke sehen. Dahinter war ein Gang zu erahnen, der vielleicht zu den Lagerräumen und einem Büro führte. Dort bewegte sich etwas, vermutlich Markus Schuster. Aber vielleicht war ja auch ein Kollege vor ihm da gewesen. Nein, er musste vor ihm da gewesen sein, denn Schuster hatte die Tür einfach geöffnet ohne aufzuschließen. Rössle überlegte kurz. Bräuchte man in diesem kleinen Ort vormittags zwei Leute in einem solchen Geschäft? Eilig kehrte Rössle zu Steger zurück.

„Er ist da drin. Ich bin mir sicher. Wenn die aufmachen, gehe ich sofort rein. Ich werde da drinnen etwas direkt sein müssen, das geht leider nicht anders. Warte du bitte im Auto."

Hias Steger ließ sich nicht zweimal bitten. Es war für ihn wie eine Erlösung, nicht dabei sein zu müssen.

Rössle wartete ungeduldig an der Ecke des Hauses und schielte hinüber zum Eingang, bis er jemanden im Innern des Geschäfts erblickte, der an die Tür kam und sie aufschloss. Gleich darauf schritt er gespielt interessiert an den Schaufenstern vorbei und betrat den Laden. Der Mann, der aufgeschlossen hatte, stand inzwischen hinter der Theke und schien beschäftigt. Er schaute kurz auf und grüßte.

„Guten Morgen. Kann ich Ihnen helfen?"

„Ja, ich glaube, das können Sie."

„Des hörn mir immer gern. Fehlt noch was zur Tour?", fragte Markus Schuster.

Gleich darauf hörte Rössle das Schließen einer Tür. Er trat einen Schritt zur Seite und schaute in den Gang, der direkt zur zweiten Eingangstür führte.

„Sie haben hier einen Mann beherbergt, der gesucht wird. Es ist nicht Ihre Schuld, aber ich kann Ihnen nur raten, mich nicht zu behindern.“

Rössle rannte um die Theke herum, den Gang entlang und auf die Seitentür zu.

„Moment amal, was machen Sie do, des geht nit!“, hörte er noch, dann stand Rössle schon im Hinterhof. Oberhalb dieses Hinterhofs gab es nur noch ein paar wenige Häuser. Dazwischen und dahinter stiegen die in sattem Grün leuchtenden Almwiesen an, sodass man im Winter wahrscheinlich direkt von der Piste zu seinem hier geparkten Auto fahren konnte, wenn man wollte.

In einiger Entfernung sah Rössle die Talstation des Sesselliftes.

Die bereits recht kräftige Morgensonne strich über den südexponierten Hang und modellierte Rinnen und Rücken heraus. Inmitten einer dieser Rinnen stieg ein Mann mit einem roten Rucksack eilig zu jenem geteerten Weg empor, der zur Talstation führte. Rössle zweifelte keinen Moment daran, dass dieser Mann nur Martin Keller sein konnte. Er rannte zu seinem Wagen und schrie Steger an:

„Komm mit! Der Keller will zum Lift.“

Steger griff seinen Rucksack, mit dem er leicht genauso schnell war wie Rössle ohne, und beide hasteten zur Talstation. Keller war inzwischen schon darin verschwunden. An der Kasse gab es keinerlei Andrang.

„Zweimal, stimmt so“, sagte Steger kurzatmig an der Kasse und legte einen Zwanzig-Euro-Schein auf den Tisch. Der Kassierer mit rot-weiß kariertem Hemd und einer etwas ungesund wirkenden rötlichen Gesichtsfarbe hatte sein Bergführerabzeichen gesehen, schob zwei Billets für Berg- und Talfahrt herüber und winkte beide seufzend durch.

„Heut sans alle deppert!“, sagte er, ihnen hinterherschauend. Seine weiteren Kommentare konnten sie schon nicht mehr hören. Sie hetzten über zwei Treppen hinauf und durch ein Wirrwarr aus Geländern, bis sie schließlich in einem Sessel Platz nahmen. Fünf Sessel vor ihnen saß ein einzelner Mann mit einem roten Rucksack.

„Na also“, meinte Rössle stöhnend, „jetzt kann er nicht mehr weg.“

Der Sessellift endete an der alten Pfalser Alm, einem beliebten Wander- und Skigebiet, das im Winter noch zusätzlich zwei Schlepplifte bot. Er führte anfangs über dichte Nadelwälder, die weiter oben ausdünnten und Weiden und ersten Almen wichen. Unterhalb des Lifts kreuzte die Fahrstraße, eine bessere Schotterpiste, die im Sommer vor allem die Almwirte benutzten.

Rössle war nun fast entspannt. Eigentlich konnte nichts mehr schiefgehen. Dort oben war nichts los. Er würde Keller einholen und stellen. Er würde seinen Rucksack durchsuchen, ihn verhören und sich einen Eindruck verschaffen. Wenn nichts zu finden wäre, würde er ihn auffordern mitzukommen. Sie würden ihm einen Handel anbieten. Sollte er das nicht wollen, wäre es auch in Ordnung. Er hätte seinen Auftrag erfüllt.

Er blickte in die Berge, die sich nun zunehmend auftaten, je mehr sie an Höhe gewannen. Er schlug die Beine übereinander und entspannte sich sogar ein wenig. Vielleicht würde er, nachdem dieser Auftrag ja nun bald erledigt wäre, noch selbst ein paar Tage dranhängen. Seit er selbstständig war, hatte er sich kaum noch Zeit für sich selbst genommen. Da war es bei der Polizei doch deutlich angenehmer gewesen. Aber dafür stand er finanziell jetzt um ein Vielfaches besser da. Er nahm sich vor, mehr an seine Mitarbeiter zu delegieren und sich in Zukunft ein bisschen aus der aktiven Arbeit zurückzuziehen.

Als er wieder zu Keller schaute, sah er, dass dieser in seinem Rucksack kramte. Keller hatte anfangs nur wenige Male flüchtig zur Seite und leicht nach hinten geschaut. Auf sie hatte er seinen Blick noch gar nicht gerichtet. Ob er uns schon gesehen hat?, fragte Rössle sich. Mich wahrscheinlich schon, dachte er sich, weshalb hätte er sonst aus dem Laden fliehen sollen.

Keller packte etwas aus. Was gibt das denn, dachte sich Rössle, während Keller sich weiter an seinem Rucksack zu schaffen machte. Gleichmäßig fuhr der Lift bergan. Rössle starrte schweigend und zunehmend beunruhigt weiter nach vorne.

„Das gibt's doch nicht", stotterte Rössle wenig später konsterniert. Hias Steger sah ihn das erste Mal sprachlos.

15

Die Armbanduhr weckte ihn mit ihrem ungewohnten Piepsen und er fuhr erschrocken hoch. Der Muskelkater in seinen Beinen ließ Martin Keller die Ereignisse des letzten Tages unmittelbar ins Bewusstsein zurückkehren, sodass er sofort aufstand. Es war acht Uhr und es regnete nicht mehr. Eigentlich wollte er zuerst frühstücken und dann einen Blick nach draußen riskieren, doch als er im Gang stand, entschied er sich, erst aus dem Fenster zu sehen. Vorsichtig schlich er in der Deckung der Kleiderständer zu den Schaufenstern. Es schien ein schöner Tag zu werden. Der Himmel war fast wolkenlos, an den Bergen hingen nur noch ein paar Fetzen, die von der Sonne bald aufgelöst werden würden. Keller beobachtete nicht ohne Neid die sorglosen Menschen, die vorbeiliefen, einige mit einer Zeitung unter dem Arm, manche kamen vom Bäcker und eilten nun zu ihren Lieben, um sie mit herrlich duftenden frischen Brötchen zu versorgen. Die hätten Keller jetzt auch gefallen und er ging zurück in das kleine Büro, um zu frühstücken. Kurze Zeit später gluckerte die Kaffeemaschine. Während er aß, packte er seine wenigen Habseligkeiten zusammen und machte sich abmarschbereit.

Um zwanzig vor neun klingelte das Telefon und Markus teilte ihm mit, dass er in fünf Minuten bei ihm wäre. Keller berichtete ihm, dass Brugger ihn gleich abholen würde.

Durch die Ritzen des Rollladens im Büro war niemand zu sehen. Er schloss die Tür auf und schlich zurück zu den Schaufenstern. Hier konnte er die ganze Straße überblicken. Ein paar Autos, zumeist Touristen, passierten den Laden. Wenig später erschien der Subaru von Bruggers Schwager und er konnte ihn in die Hofeinfahrt abbiegen sehen. Gleich danach sah er den silbergrauen Mitsubishi Pajero schräg gegenüber parken. Er konnte das Stuttgarter Kennzeichen mit bloßem Auge erkennen. Zwei Männer saßen darin. Das, so war ihm gleich klar, war das Schlimmste, was passieren konnte. Die Seitentür des Ladens öffnete sich quietschend. Es konnte nur Markus sein. Keller eilte ihm entgegen.

„Schließ bitte die Tür gleich wieder ab, Markus, die sind dir gefolgt."

Markus Schuster war ein mittelgroßer, hagerer Mann. Er hatte kurze blonde Haare und ein ebenmäßiges Gesicht mit einer auffallend großen Nase. Seine graublauen Augen blickten ihn erschrocken an.

„Was? Herrgottsackra, Martin, glaub mir, i hab die net gesehen", sagte er und gab ihm die Hand. Gleich danach drehte er den Schlüssel um.

„Die stehen da draußen, schräg gegenüber. Ein silbergrauer Pajero mit Stuttgarter Nummer."

„Und jetzt?", fragte Schuster, und beide schwiegen einen Moment.

„Keine Ahnung!", entgegnete Keller und schüttelte resignierend den Kopf.

Schuster trippelte unruhig mit den Füßen und ging dann in den Ladenbereich.

„Der Sessellift!"

„Bitte?"

„Der Sessellift! Kannst du abseilen?"

„Wie? Äh, ja klar, habe ich gestern erst, aber …", stotterte Keller.

„Komm, jetzt ziehst dir einen Klettergurt unter deine Hose und rennst zum Lift hoch. Wenn die hier vorne reinkommen, gehst hinten raus. I geb dir a gebrauchtes Seil mit und an Karabiner mit am Abseilachter, und wenn's dir hinterherkommen, kannst immer noch abseilen."

„Wie abseilen?"

„Na, aus'm Lift!"

Keller stand regungslos da und blickte Schuster mit offenem Mund an.

„Mach schon, mir ham koa Zeit mehr!" Schuster ging zum Regal mit der Kletterausrüstung und streckte ihm einen

Klettergurt entgegen. „I ruf den Josef an, der soll dich holen. Nach der Stütze zwölf kimmt a große Alm. Da isses ideal."

Von da an nahm Keller alles wie in Trance wahr. Die gleiche Panik wie am Tag zuvor erfasste ihn, aber diesmal war das Ohnmachtsgefühl noch intensiver, weil er wusste, dass Rössle direkt vor der Tür stand und dass es voraussichtlich seine letzte Chance war, ihm zu entkommen.

Markus telefonierte und Keller zog den Klettergurt unter seine Hose. Sie sollten ja nicht gleich sehen, was er vorhatte. Er spürte seine müden Beine nicht mehr, er dachte nicht mehr an sein onkologisches Medikament, nicht mehr an die traurigen Augen des todkranken Patienten Ernst Breitwieser. Nur Nadine ging ihm durch den Kopf. Hoffentlich taten sie ihr nichts an!

Als er die Stimme von Markus hörte, der den Mann im Geschäft begrüßte, der wahrscheinlich Rössle hieß, öffnete er die Seitentür und lief so schnell er konnte. Ausruhen konnte er im Lift. Nur den Lift erreichen, dachte er, nur den Lift erreichen.

Gleich hatte er die Häuser hinter sich gelassen und stieg durch die Weiden in einer steilen Rinne empor. Sein Atem rasselte und seine Beine glühten. Weiter! Er drehte sich nicht um. Läufer oder Radfahrer, die sich umdrehen, werden eingeholt, hieß es immer im Fernsehen. Es waren nur noch ein paar Meter bis zur Fahrstraße, die zur Talstation führt. Dann lief er auf dem Asphalt, nahm die Treppe hinauf und blickte sich dann doch um, bevor er hineinging. Da unten kamen sie. Zwei Männer. Die Männer, die sein Auto geknackt hatten.

„Einfache Fahrt", hechelte er außer Atem und legte das abgezählte Fahrgeld in die Schale. Der Mann musterte ihn verwundert und schob ihm sein Billet hinüber. Keller nahm es wortlos und rannte weiter.

„Bittschön, der Herr! Einen schönen Tag wünsch ich …", rief der Mann ihm noch hinterher und beugte sich nach vorne, um ihm nachzublicken.

„Naah, Tourischten!“, sagte er mit verständnislosem Gesichtsausdruck und setzte sich kopfschüttelnd wieder hin.

Dann saß Keller im Lift. Sofort öffnete er seinen Rucksack, fummelte den Karabiner mit dem Abseilachter heraus, der zuoberst lag, öffnete seine Hose und klinkte ihn in die Abseilschlaufe seines Gurtes. Scheinbar teilnahmslos blickte er in die Landschaft und sah aus dem Augenwinkel die beiden Männer ein paar Sessel hinter sich.

Keller wollte die Stützen des Sessellifts zählen, aber sie waren mit schwarzen Zahlen durchnummeriert. Das war nun wirklich mal praktisch, dachte er und musste lächeln. Jetzt glaubte er diese irrsinnige Aktion hinzubekommen, für Nadine, ja, für Nadine, redete er sich ein.

Die zweite und die dritte Stütze zogen vorüber. Er versuchte ruhig zu bleiben. Der Abstand zwischen ihnen blieb ja gleich. Sie konnten ihn nicht einholen. Er passierte Stütze vier und fünf. Die zwei Männer hinter ihm schienen nichts zu ahnen. Er vermied es, sie direkt anzuschauen, aber aus dem Augenwinkel betrachtet schienen sie ruhig durch die Gegend zu schauen. Die Stützen sechs und sieben zogen vorüber. Er begann das Seil auszupacken. Er sortierte die beiden Hälften links und rechts der Mittelstrebe, über die er die Mittelmarkierung des Seils gelegt hatte.

Die Stützen acht, neun und zehn zogen vorbei, der Wald lichtete sich und Keller sah die Wiesen der Alm. Von links kam die geschotterte Fahrstraße. Nun legte er das Seil doppelt in seinen Abseilachter ein. Gleich war es so weit. Jetzt sah er auch den alten Mercedes-Geländewagen von Josef Brugger.

„Hallo, Josef! Gleich bin ich bei dir“, flüsterte er entschlossen und warf die Seilenden hinab. Dann öffnete er den Sicherheitsbügel, setzte seinen Rucksack auf und hängte sich ans Seil. Es war leichter als er gedacht hatte. Eigentlich entsprach es dem normalen Abseilen, nur dass sich alles rundherum bewegte. Deshalb orientierte er sich zuerst nur an dem Sesselbügel, der langsam über ihm entschwand. Als er der Wiese immer näher kam, war er schon fast euphorisch.

Erst im allerletzten Moment sah er den Weidezaun, dem er nur noch ausweichen konnte, indem er die Beine anzog. Dann war er unten. Er ließ das Seil durch den Abseilachter laufen und schnappte sich das etwas längere Ende, um es abzuziehen. Nachdem es runtergefallen war, blickte er hinauf zu den beiden Männern, die gerade über ihn hinwegfuhren. Einer schaute ihm direkt in die Augen. Er wirkte verärgert und unversöhnlich, aber auch überrascht. Nun sah der Mann nach links. Dort stand, etwa hundert Meter entfernt, Bruggers Auto. Ob sie es erkannt hatten?

Keller verstaute eilig das Seil in seinem Rucksack, während die zwei Männer nun mit dem Rücken zu ihm davonschwebten. Dann lief er in Richtung der Fahrstraße.

Er wartete, bis sie ihn nicht mehr sehen konnten, und stieg ein.

„Morgen, Martin, des war ja a filmreifer Auftritt! Fahrn mer!“, begrüßte Brugger ihn, als er Platz nahm. Seinen Rucksack hatte er auf die Rückbank geworfen. Keller lächelte bittersüß und der Wagen setzte sich in Bewegung.

„Ja, das war's, Josef. Das war einfach unglaublich.“ Keller grinste und schüttelte den Kopf. „Wie kam dein Schwager denn auf diese irre Idee?“

„Der Markus kennt den Sessellift in- und auswendig, nachdem er so viele Winter bei der Liftgesellschaft gearbeitet hat. Da hat er immer bei den Inspektionen helfen müssen. Hast eh Glück ghabt, dass der Lift überhaupt glaufen is, den Sommerbetrieb hams erscht seit zwoa Jahr.“

Josef Brugger lachte ein wenig und schien zuversichtlich, dass es jetzt wohl noch mal gut gehen würde. Er fuhr zügig bergab, aber da die Straße schmal und schlecht einsehbar war, konnte er nicht allzu schnell werden. Hinter ihnen klapperte allerlei im Laderaum hin und her und als Keller sich umsah, bemerkte Brugger nur grinsend:

„I hab mal alles eingepackt, was i für nützlich ghalten hob. Von mir aus kann's auf Expedition gehen. Mir ham a Zelt, Schlafsäck und Kletterausrüstung, was zum Essen, Kocher und so weiter, ma weiß ja nie."

Keller lachte.

„Na, hoffentlich brauchen wir's nicht mehr. Ich glaube, die sind wir erst mal los."

„Schaut so aus. I hab dacht, mir fahrn nach Vorarlberg nüber. Wennst magst, bring i di auch nach Lindau oder woanders hi. Am besten san wahrscheinlich Nebenstraßen."

„Na ja, wir haben eigentlich drei Möglichkeiten. Entweder nach Vorarlberg, Richtung Innsbruck oder über den Fernpass. Oder nach Italien natürlich. Aber erst mal müssen wir aus diesem Tal raus."

Kehre um Kehre kurbelte Brugger sein altes Allradgefährt zu Tale, während Keller ihm erzählte, um was es bei der ganzen Angelegenheit eigentlich ging. Brugger hörte aufmerksam zu und kommentierte Kellers Bericht allenfalls mal mit „Nah, so a Sauerei" oder einem „Des gibt's ja nit!"

Das Gefühl, verfolgt zu werden und nirgendwo sicher zu sein, nahm Keller mit ins Tal. Aufgrund dieser Bedrohung war er auch immer noch unsicher, wohin es nun gehen sollte. Schließlich beschloss er erst einmal abzuwarten, bis sie aus dem Tal heraus waren, und wollte sich dann spontan entscheiden.

Als sie Pfals erreichten und auf die Hauptstraße talauswärts abbogen, stellte sich bei beiden Männern Erleichterung ein. Immerhin hätten sie auf der schmalen Schotterstraße auch noch von einem Fuhrwerk oder einem ähnlichen Unheil aufgehalten werden können.

Bald darauf passierten sie das Ortsausgangsschild. Brugger schaute immer wieder in den Rückspiegel. Nun war es noch eine knappe halbe Stunde aus dem Tal heraus. Dann müssten sie sich entscheiden, wohin es gehen sollte. Oder wenigstens, in welche Richtung: nach links oder nach rechts, oder, anders gesagt, nach Deutschland oder nach Italien?

Vor ihnen fuhren nun ein paar Autos und vor diesen der Postbus. Er hielt in jeder der kleinen Ortschaften entlang der Straße. Bruggers betagter Mercedes war zwar kein Rennwagen, aber schneller als der Bus war er immer noch. Dummerweise war die Straße zu kurvig, um mit dem wenig temperamentvollen Dieselkraftwerk vorbeizuziehen. Erst drei Haltestellen weiter unten konnten sie ihn überholen, nachdem bereits der Rest der Schlange das Hindernis passiert hatte. Sie hatten viel Zeit verloren. Nun waren es vielleicht noch fünf Minuten bis zur großen Kreuzung am Talausgang.

„Jetzt überhol doch endlich“, raunzte Brugger. „Erscht kimmt er angefahren wie a Irrer, und nachher fährt er nur noch hintendrein. Na ah so, jetzt hält er eh an.“

Keller, der die letzten Minuten intensiv nachgedacht hatte, fragte:

„Wer denn?“

„Na, des Motorrad hinter uns.“

Keller drehte sich um. Der Motorradfahrer hielt gerade in einer Straßenbucht, schaute sich um und stieg ab. Er fuhr eine alte Geländemaschine, hatte einen weißen Helm auf und trug eine dunkelgraue Jacke. Es war keine Motorradjacke, sondern ein Wanderanorak. Auch hatte er eine Wanderhose an. Erst jetzt fiel Keller auf, dass hinter dem Motorrad noch ein Auto hielt. Obwohl er es gleich darauf nicht mehr sehen konnte, weil sie um eine Kurve gefahren waren, war er sich ziemlich sicher, dass es Rössles Auto gewesen war. Deutschland oder Italien würde wohl noch warten müssen.

16

Es war ein großer, weißer, glasdurchsetzter Bau, der offenbar vor nicht allzu langer Zeit errichtet worden war. Die Sonne stand im Zenit und die heiße Luft in den Straßen. Klaus Herrmann betrat die wohltuend kühle Empfangshalle, die, abgesehen von ein paar Pinnwänden, der Institutsübersicht und ein paar wissenschaftlichen Postern, sehr aufgeräumt wirkte.

Herrmann ging direkt auf die Institutsübersicht zu und wurde in der unteren Hälfte fündig.

Wenig später stand er vor der Tür des Zimmers Nr. 217, Prof. Dr. Faulbacher.

„Treten Sie ein!“, erklang eine Männerstimme, nachdem er angeklopft hatte. Tatsächlich leistete sich dieser Mann kein Vorzimmer mit Sekretärin, obwohl er doch als Koryphäe auf seinem Gebiet galt. Er teilte sich eine Schreibkraft mit einem benachbarten Privatdozenten. Dies mochte auch daran liegen, dass er offenbar besonders kritisch gegenüber manchen Geldgebern aus der Industrie war. Da wurden viele seiner Kollegen doch deutlich besser finanziert. Faulbacher war klinischer Pharmakologe und in Deutschland ein gefürchteter Pharmakritiker. So war er für einige Firmen zum Nestbeschmutzer avanciert.

„Guten Tag, Herr Professor Faulbacher, Klaus Herrmann ist mein Name, ich hatte angerufen. Vielen Dank, dass Sie Zeit für mich haben.“

Klaus hatte die Tür geöffnet und war eingetreten. Ein helles, großes Zimmer empfing ihn, das voller persönlicher Dinge steckte. An den Wänden hingen Bilder von Faulbachers Reisen, Fotos verschiedener Arzneipflanzen und ein paar wissenschaftliche Poster. In einer Ecke stand ein Kaffeeautomat mit Tassen und Besteck. Die Möbel waren teils älter, der Professor hatte sich wohl nicht von ihnen trennen können. Es war ein deutlicher Kontrast zum Rest des Gebäudes.

„Was kann ich für Sie tun? Setzen Sie sich doch.“ Faulbacher war hinter seinem Schreibtisch aufgestanden. Er war mittelgroß, schlank und seinen Kopf zierte ein hellgrauer Haarkranz. Seine Nase trug an ihrem äußersten Ende eine Lesebrille. Klaus nahm Platz und begann zu sprechen. Eine gewisse Aufregung war unübersehbar.

„Ich bin hier im Auftrag eines Freundes, oder vielmehr eines Bekannten. Eigentlich habe ich ihn erst vor zwei Tagen kennengelernt. Er ist Mediziner und Stufenplanbeauftragter bei einem deutschen Pharmaunternehmen. Momentan ist er für die Risikobewertung eines onkologischen Medikaments in der klinischen Prüfung verantwortlich, und bei dieser Zulassungsstudie scheint wohl einiges schiefgelaufen zu sein. Er glaubt, dass man ihn reingelegt hat. Es gab wohl Nebenwirkungen, und man hat ihn offenbar übergangen, damit diese nicht bekannt werden. Kurzum, er wird jetzt verfolgt und man hat sein Auto aufgebrochen, ich habe es selbst mit angesehen. Er hat einen Sonderbericht verfasst. Diesen hat er mir gestern zusammen mit allen Dokumenten der Studie geschickt. Er braucht Hilfe um zu beweisen, dass es einen Zusammenhang zwischen dem Auftreten der transitorischen ischämischen Attacken beziehungsweise Schlaganfälle und diesem neuen Medikament gibt. Er selbst ist in Österreich und fürchtet um sein Leben. Und wenn ich noch etwas sagen darf, es ist wohl ziemlich eilig.“

Mit diesen Worten legte Klaus Herrmann eine CD mit der Aufschrift „Dr. Martin Keller – onkologische Zulassungsstudie CC-784“ auf den Schreibtisch. Auf die Hülle hatte Klaus mit Klebeband seine Visitenkarte geklebt. Faulbacher, der Klaus während seiner Ausführungen konzentriert und freundlich aus seinen blauen Augen angesehen hatte, nickte kurz und fragte:

„Nun, ich nehme an, Sie meinen den gleichen Martin Keller, der mir heute Nacht eine E-Mail mit vermutlich den gleichen Dateien geschickt hat.“

„Hat er?“, antwortete Klaus überrascht. „Dann wollte er wohl sichergehen, dass Sie die Berichte und Daten erhalten, und sich nicht allein auf uns verlassen.“

„Nein, das wollte er offenbar nicht, deshalb hat er mir auch Ihre Telefonnummer gegeben. Als Sie mich heute Morgen anriefen, hatte ich aber noch nicht in meine Mails geschaut, sonst hätte ich Ihnen das schon gesagt. Ich hatte noch eine Vorlesung vorzubereiten und zu halten. Deshalb habe ich die Dateien bisher nur überflogen. Wie Sie vielleicht wissen, kenne ich Herrn Keller ein wenig. Also, offen gesagt: Es wundert mich schon, dass er damit ausgerechnet zu mir kommt, und ich war anfangs auch erst einmal etwas misstrauisch. Andererseits, wenn es wirklich so ist, wie Sie sagen, macht es wieder Sinn. Er wäre nicht der Erste, der dem Kommerz geopfert würde. In dieser Qualität habe ich das bislang noch nicht erlebt, befürchtet habe ich es allerdings schon länger.“

Faulbacher erzählte, dass er vor zwei Jahren dazu beigetragen habe, dass eine Hautcreme der Firma Europharma vom Markt genommen wurde, ein Vorgang, an den sich Keller sicher noch gut erinnern könne. Dabei zog er mit einem leichten Kopfnicken seine buschigen Augenbrauen nach oben. Vor diesem Vorfall sei das Verhältnis recht freundlich gewesen, er sei ihm immer wieder auf Tagungen begegnet und man kannte sich noch aus seiner Zeit in Freiburg. Danach habe er ihn nur noch ein paarmal gesehen, und man habe sich flüchtig gegrüßt.

„Des Brot ich ess, des Lied ich sing“, hatte Faulbacher etwas verbittert gesagt, aber gleich darauf fast zufrieden „Na ja, jetzt scheint er es ja verstanden zu haben“ nachgeschoben.

Faulbacher versprach, die Unterlagen im Laufe des Tages noch genauer durchzusehen und Klaus so bald wie möglich zu kontaktieren.

Nachdem sie sich verabschiedet hatten, entschied sich Klaus Herrmann, die örtliche Mensa zu testen. Er war zufrieden, und das nicht nur mit der Mensa. Mehr hatte Martin Keller nicht erwarten können.

17

„Guten Morgen, Stefanie! Schön, dich mal wieder zu sehen. Du kommst wohl wegen dieser Geschichte, die du mir gemailt hast?“

Mit einem gütigen Blick aus seinen wachen, freundlichen braunen Augen empfing Volker Meiser seine Tochter, die direkt vom Bahnhof zu ihm gekommen war. Trotz seiner nicht mehr ganz sportlichen Figur wirkte er durchaus imposant und seriös, was er außer seinem gepflegten Äußeren auch seinen feinen Gesichtszügen und seiner Größe von rund eins neunzig verdankte. Er sah aus wie ein etwas in die Jahre gekommener Leinwandstar.

„Morgen, Papa, ja, genau“, sagte Stefanie Meiser, die zwar seine Augen geerbt hatte, aber über zwanzig Zentimeter kleiner war. Sie umarmte ihren Vater, der ihr einen Kuss gab. Die Spitze ihres Vaters hatte sie gut verstanden. Er hatte ihr vor ihrem Urlaub gesagt, dass man sie während des Studiums schon wenig sehe, und kaum seien Semesterferien, würde sie in den Bergen umherrennen. Sie beschloss, auf diese Anspielung nicht weiter einzugehen.

Volker Meiser war vierundfünfzig und Teilhaber einer angesehenen Anwaltskanzlei, die er vor achtzehn Jahren mit zwei Partnern gegründet hatte. Eines nicht allzu fernen Tages sollte seine Tochter Stefanie hier mit einsteigen. Bis dahin wollte sie aber noch ein wenig ihr Studentendasein genießen – nicht immer zur gänzlichen Freude ihres Vaters. Wenigstens war Klaus, mit dem sie nun schon drei Jahre zusammen war, als Schwiegersohn in spe akzeptiert. Vater und Tochter hatten im Grunde ein gutes Verhältnis, und Papa Meiser liebte seine Stefanie über alles, was dieser natürlich bewusst war. Obwohl sie das manchmal ausnutzte, regte er sich nur dann darüber auf, wenn er sich über Gebühr zurückgesetzt fühlte. Das wusste das Einzelkind Stefanie jedoch meist mit sicherem weiblichem Instinkt zu verhindern.

„Dein Herr Doktor Keller scheint ja in akuten Schwierigkeiten zu sein. Ich habe mal einem Freund im Präsidium eine E-Mail geschickt und ihn gefragt, ob er mir etwas über seinen Kollegen Rössle verraten kann. Er hat noch nicht geantwortet. Hat Klaus schon diesen Professor Faulbacher aufgesucht?"

„Ja, Papa. Klaus ist gleich heute Morgen aufgebrochen. Er wollte mich anrufen, wenn er etwas erfahren hat. Übrigens ist das nicht mein Doktor Keller, wir kennen ihn erst seit vorgestern. Wir haben ihn in den Bergen getroffen. Er scheint aber glaubwürdig zu sein."

Stefanie Meiser erzählte ihrem Vater nun alles: von dem netten Hüttenabend, der gemeinsamen Bergtour, der Sprachlosigkeit Kellers, als zwei Männer seinen Campingbus aufbrachen, von seiner Flucht und dem, was ihnen Josef Brugger auf der Fahrt zurück ins Tal berichtet hatte und von seinem Telefonat mit Keller.

Volker Meiser, der aufmerksam zugehört hatte, legte die Stirn in Falten.

„Das scheint eine sehr heikle Angelegenheit zu sein. Wer außer dem Herrn Brugger hat noch mitbekommen, wer ihr seid und dass ihr den Doktor Keller kennengelernt habt?"

„Niemand. Als die beiden Verfolger kamen, waren Klaus und ich im Matratzenlager. Die haben uns nicht mal zu Gesicht bekommen. "

„Gut. Was machen wir mit seiner Freundin, dieser Frau Doktor Mercier?"

„Ich dachte, ich besuche sie mal."

„Nein, lass das bleiben, die wird vielleicht überwacht. Ich werde den Herrn Haller hinschicken. Da müssen wir ganz dezent vorgehen."

„Danke, Papa!"

„Nichts zu danken, ich möchte nicht, dass dir was passiert. Sieht so aus, als hättest du jetzt doch noch ein bisschen Zeit für deinen Papa."

Volker Meiser grinste und zwinkerte ihr zu. Stefanie lächelte zurück.

„Papa, du weißt doch, dass ich immer Zeit für dich habe.“

„So, auch zum Mittagessen?“

„Oh … ja, natürlich, dazu auch.“

Der Gedanke an eine kostenloses leckeres Mittagessen gefiel Stefanie Meiser, deren Speiseplan in letzter Zeit etwas einseitig aus Nudelgerichten mit variierenden Fertigsoßen bestanden hatte. Ferner gab es ein Defizit an frischem Gemüse, was auch am Kühlschrank ihrer WG lag, dessen Thermostat offenbar kaputt war. Aufgrund dessen verwandelte er seinen Inhalt regelmäßig in Halbgefrorenes.

Ihr Mitbewohner Max Behr war ebenfalls nicht unbedingt zum Koch geboren, aber dafür kannte er sich mit Fastfood aus wie kein Zweiter. Eine angeschwitzte Zwiebel oder etwas geriebene Möhre in der Nudelsoße war in diesem Haushalt schon eine kulinarische Besonderheit. So waren auch die Speisen auf der Oberwiesler Alm eine willkommene Abwechslung gewesen.

„Gut, auf geht’s.“ Volker Meiser zog sich sein Jackett über.

„Bing bang“, tönte da der Computer auf Meisers Schreibtisch.

Gleich darauf las er vor:

„Lieber Volker, wir haben nur einen Rössle hier in Stuttgart, der ist allerdings erst fünfundzwanzig und momentan hier im Dienst. Es gab aber mal einen Walter Rössle, auf den deine Beschreibung passt. Der ist so um die fünfzig und seit gut fünf Jahren Privatermittler. Er arbeitet vor allem für die Industrie. Er verdient wohl richtig gut dabei, vielleicht sollte ich das auch mal machen … Na also, ich denke mal, das dürfte er sein. Was meinst du?“

Stefanie Meiser nickte zustimmend: „Wieso gibt der sich als Polizist aus?“

„Wer weiß, ob ihn der Bergführer sonst führen würde, wenn das ein Freund von dem Hüttenwart ist. Sag mir mal die Telefonnummer von diesem Herrn Brugger, die sollten das sofort wissen. Wir rufen von hier aus an."

„Die steht in der Mail von Martin Keller. Was bedeutet das, Papa, was meinst du?"

„Nun, ich denke, das bedeutet, dass euer Freund aufpassen muss. Die werden ihn wahrscheinlich schon länger beobachten. Und seine Freundin möglicherweise auch. Dass sie einen Privatermittler genommen haben, könnte ein Anzeichen dafür sein, dass man ihn wirklich auf's Kreuz gelegt hat."

Volker Meiser war ein ordentlicher Mensch. Er hatte bereits alle Dokumente aus Stefanies E-Mail ausgedruckt und einen Ordner angelegt, in dem er nun nach der Telefonnummer Bruggers suchte.

„Meinst du, der würde ihm was antun?"

„Das glaube ich eher nicht, immerhin war der Mann mal Polizist. Aber wissen kann man so was nie."

Volker Meiser wählte Josef Bruggers Telefonnummer. Dieser Fall war ominös, und dass seine Tochter darin involviert war, gefiel ihm nicht. Es hätte durchaus andere Möglichkeiten gegeben, erste berufliche Erfahrungen zu sammeln, eine Unterhaltsklage oder eine Verkehrsrechtssache zum Beispiel. Das hier war für eine Anfängerin eine Nummer zu groß. Eines aber erfreute ihn: Er konnte seiner Stefanie zeigen, dass sie sich auf ihren Papa verlassen konnte.

18

Die Yamaha Enduro, die ihm der Liftangestellte der Bergstation zeigte, war nicht gerade ein Traum auf zwei Rädern, und für die dreihundert Euro, die ihm Rössle in der Eile fürs Ausleihen angeboten hatte, hätte er sich eigentlich ein weniger heruntergekommenes Motorrad vorgestellt. Die ausgeblichene Sitzbank hatte einige Löcher, durch die schmutzige Schaumstoffpolsterung nach außen drang, und der Rost hatte nahezu jedes Teil erobert. Allein die Tatsache, dass es offenbar fuhr und er keine Alternative hatte, ließ ihn über diese Mängel großzügig hinwegschauen. Das unrasierte Antlitz des Liftangestellten hatte unter der vergilbten orangenen Baseballmütze eines Skiherstellers herausgegrinst, als er das Geld zählte. Ihm war natürlich klar gewesen, dass dieser Haufen Schrott nicht mal mehr die Leihgebühr wert war.

Während Rössle nun die Verfolgung Kellers aufnahm, war Steger mit dem Lift geradewegs wieder nach unten gefahren, ohne auch nur einen Fuß aus dem Sessellift gesetzt zu haben. Er sollte mit dem Auto an der Einmündung der Alm-Zufahrtsstraße auf Rössle warten. Da Rössle sich das Headset seines Mobiltelefons unter den geliehenen Motorradhelm gezogen hatte, der unangenehm nach seinem kettenrauchenden Besitzer roch, konnte er sich auch während seiner halsbrecherischen Abfahrt mit Steger verständigen. Zu erzählen gab es freilich erst mal nichts. Weder Steger noch Rössle konnten den weißen Mercedes-Geländewagen ausmachen und dies blieb so, bis Rössle an Steger vorbeischoss und auf der Hauptstraße durch Pfals dem Talausgang entgegenraste.

Den anfangs aufkeimenden Gedanken, dass das altersschwache Gefährt unter ihm kollabieren könnte, hatte er inzwischen erfolgreich verdrängt. Er hatte mit dem Liftangestellten ausgemacht, dass er das Motorrad irgendwo am Rande der Hauptstraße abstellen würde. Den Ort, an dem sein museales Stück stand, wollte er ihm telefonisch mitteilen.

Eigentlich hatte er keine allzu große Hoffnung, Keller noch einholen zu können, aber er wollte es wenigstens versuchen.

Als vorhin der Sicherheitsbügel Kellers hochgegangen war und er sich von seinem fahrenden Sessel abseilte, hatten Rössle und Steger bemerkt, dass die Wiesen unterhalb geradezu ideal dafür waren. Es waren vielleicht zwanzig Meter hinab gewesen, es hatte keine Bäume gegeben und es war noch weit bis zur Bergstation. Rössle ärgerte sich noch immer über seine Machtlosigkeit. Gleichzeitig konnte er nicht umhin, diesem Keller eine gewisse Bewunderung zuzubilligen. Auf so etwas musste man erst einmal kommen.

Sie hatten sich angeschaut und Rössle war klar, dass Keller wusste, dass er ihn verfolgte. Dann war er auf das weiße Auto zugelaufen. Eigentlich hatte Rössle es schon vorher gesehen, ihm aber keine Bedeutung beigemessen.

„I glaub, des is des Auto vom Josef Brugger", hatte Hias Steger da gesagt. Rössle hatte es nur noch nickend zur Kenntnis genommen. Und jetzt raste er diesem betagten Fahrzeug hinterher.

Nachdem er nun einige Orte passiert und noch mehr Autos überholt hatte, hing er hinter einem quälend langsam kriechenden Postbus, den er aber schnell überholen konnte, diesmal sogar ohne Kopf und Kragen zu riskieren. Jetzt war es nicht mehr weit bis zur großen Kreuzung am Talausgang. Dann würden sich seine Chancen, Keller zu erwischen, nochmals halbieren, dachte er. In diesem Augenblick sah er den weißen Wagen Bruggers vor sich auftauchen. Das musste er sein! Als er schließlich direkt hinter ihm fuhr, war es klar: „Oberwiesler Alm" stand auf einem Aufkleber an der Hecktür.

Steger hing hinterm Bus fest, wie er ihm telefonisch mitteilte. Also war Rössle gezwungen, es noch ein Weilchen in den Rußwolken des betagten Mercedes auszuhalten, bis er das Motorrad abstellen konnte.

Endlich sah er seinen Pajero hinter sich auftauchen. Der Beifahrer im Auto vor ihm drehte sich um, als er am Straßenrand hielt, um zu Steger umzusteigen. Kurz darauf war das Auto hinter einer Kurve verschwunden. Ob Keller ihn erkannt hatte?

Blitzschnell riss Rössle sich den Helm vom Kopf und hängte ihn an den Lenker des Motorrads, das er mangels Ständer an die Leitplanke gelehnt hatte. Gleich darauf fuhren sie weiter, Steger war auf den Beifahrersitz gerutscht, und zwei Minuten später hatten sie Brugger und Keller eingeholt. Rössle lächelte. Der Tank seines deutlich schnelleren Autos war voll. Bei der ersten Gelegenheit, in der sie ausreichend ungestört waren, würde er sie überholen und ausbremsen. Und dann würde er sich Keller vornehmen. Er hatte nun alle Trümpfe in der Hand.

An der großen Kreuzung bog der weiße Mercedes nach Norden ab. Somit würde man also erst mal in Österreich bleiben. Es war die Strecke, die Rössle und Steger am Tag zuvor gekommen waren. Die große, viel befahrene Hauptstraße war für Rössles Vorhaben eher ungeeignet. Bei diesem Verkehr würde es schon am Überholen scheitern.

Die beiden Autos fuhren nun seit fast einer halben Stunde einträchtig in einer Kolonne hintereinander her. Trotzdem lag eine Spannung in der Situation, die Rössle und Steger fast kein Wort wechseln ließ.

Endlich bog Bruggers Auto auf eine Nebenstraße ab. Fünf Minuten vorher waren sie an einer Abzweigung vorbeigefahren, die zum Fahrweg der Oberwiesler Alm führte. Nochmals fünf Minuten weiter wäre die Ausfahrt gekommen, die sie auf die Anrainerstraße und zu Kellers Bus gebracht hätte. Gleich kam eine Gerade, die wie geschaffen war für Rössles Plan. Sie hatten niemand mehr hinter sich und der BMW, der vor Brugger ebenfalls abgebogen war, war inzwischen in der Ferne verschwunden, als Brugger plötzlich links in einen Feldweg abbog. Rössle schwante Übles, denn der Schotterweg war von Anfang an in einem nicht gerade komfortablen

Zustand. Nachdem er zwischen Viehzäunen in den Wald geführt hatte, wurde er steiler und schlängelte sich in immer neuen Kehren scheinbar endlos den lichter werdenden Bergwald empor.

Der Mercedes-Geländewagen, der auf Asphalt ein nur mäßig effektives Vehikel war, spielte nun seine Stärken aus. Rössle war schnell klar, dass sein Vorteil bald dahin sein könnte, denn Brugger war hier zu Hause und kannte mit Sicherheit jede Kurve. Er spielte mit dem Gedanken, Brugger zu rammen, denn noch konnte er in puncto Geschwindigkeit mithalten. Aber er verwarf diesen Gedanken sofort wieder, da er dann möglicherweise Stegers Gefolgschaft verloren hätte und er sich ja ohnehin schon in einer gesetzlichen Grauzone bewegte.

Die Steine und der Staub, die der vorausfahrende Wagen aufwirbelte, prasselten an seine Frontscheibe. Als Brugger einen großen Holzplatz passiert hatte, wurde der Weg nicht nur schmaler und schlechter, sondern auch so steil, dass die meisten Bergradlfahrer längst geschoben hätten.

Rössle legte die Geländeuntersetzung ein. Er begann zu bereuen, dass die optionale Differenzialsperre an der Hinterachse dem Rotstift zum Opfer gefallen war.

Er hatte nun wirklich Mühe, Bruggers Allradveteranen zu folgen. Große Gesteinsbrocken lagen auf dem kaum noch auszumachenden Weg, über den Bruggers Mercedes weiter bergauf schaukelte. Rössles Pajero hatte bereits erste Traktionsprobleme, und bald darauf musste er zurücksetzen, um eine widerspenstige Passage nochmals zu versuchen. Bruggers Auto war inzwischen nicht mehr zu sehen und Steger, der sich die ganze Zeit nicht gerührt hatte, meinte:

„I glaub, da werd'n mir wohl nit mehr hinterherkommen. Ich schau mal auf die Karte, wo's do eigentlich higeht."

Rössle wusste, dass Steger recht hatte, aber aufgeben wollte er erst mal nicht. Der Weg wurde immer schlimmer und Bruggers Auto war schon lange verschwunden.

Es war inzwischen kurz nach zwölf und die Sonne stach unangenehm vom Himmel herab. Offensichtlich würde dem gemütlichen Landregen der letzten Nacht nach einer kurzen schwülen Wetterbesserung noch eine Kaltfront folgen.

„Da Weg führt in a Tal östlich der Oberwiesler Alm", vermeldete Steger, der die Karte studierte.

„Verzweigt der sich noch mal irgendwo?", wollte Rössle wissen.

„Na, der is hier sowieso nur noch gestrichelt, und die Stricherl hören hier etwas oberhalb einfach auf, da is wohl a Alm oder so was."

Bald war der Augenblick erreicht, an dem Rössles Auto nicht mehr weiterkam. Frische Reifenspuren führten noch weiter hinauf über eine steile Rampe, die von großen Steinen durchsetzt war. Rössle ließ den Wagen etwas zurückrollen und parkte neben dem Weg. Sie befanden sich vielleicht noch zweihundert Höhenmeter unterhalb der Alm.

„Wenn mir jetzt noch hinterher wollen, müss'mer wohl zu Fuaß gehen."

Rössle nickte und stieg aus. Steger folgte ihm an die Hecktüre.

„Gut, dann machen wir das. Die werden ja wohl auch nicht viel weiter gekommen sein."

„Was mach' mer, wenn mir sie heut nimmer einholen? Dann sollten mir uns auf a Biwak einrichten", sagte Steger und sprach damit aus, was Rössle schon befürchtet hatte. „Man weiß halt nit, wie schnell die beiden san ..."

„Ja, daran habe ich auch schon gedacht. Tut mir leid, dass ich nicht so fit bin, Hias. Wäre nett, wenn du mir ein paar Sachen tragen könntest", gestand Rössle ein.

Mit so einer Schinderei hatte er nicht mehr gerechnet, und er begann allmählich die Lust zu verlieren. Wer wusste schon, was Keller während der letzten Nacht im Sportgeschäft alles unternommen hatte, um seine Lage zu verbessern. Er beschloss, nun erst einmal zu telefonieren, bevor er die beiden weiter verfolgen würde. Vielleicht hatte sich die Sache schon erledigt.

„Europharma, Kranek."

„Rössle hier. Guten Tag, Herr Kranek. Haben Sie einen Moment Zeit?"

„Ja, erzählen Sie. Hat er eingelenkt?"

„Nein, ich hatte noch gar nicht die Chance, mit ihm zu sprechen. Er hat hier Freunde und mit deren Hilfe ist er mir gerade zum dritten Mal entwischt. Er weiß, dass ich ihn verfolge und wahrscheinlich auch warum. Wir sind ihm und einem Helfer bis auf fast achtzehnhundert Meter gefolgt, aber sie hatten ein sehr geländegängiges Auto und haben uns abgehängt. Nun sind sie irgendwo da oben im Gebirge und wir müssen ihnen zu Fuß folgen. Außerdem hat er letzte Nacht in einem Sportgeschäft in Pfals übernachtet, konnte dort telefonieren und hatte wahrscheinlich auch Zugang zum Internet. Ich bin mir nicht sicher, ob eine weitere Verfolgung unter diesen Umständen noch sinnvoll ist. Deswegen wollte ich erst mit Ihnen Rücksprache halten, bevor wir hier weitermachen."

„Wo sind Sie genau? Schicken Sie mir doch ihre Koordinaten und ich überlege mir das. Inzwischen möchte ich, dass Sie dranbleiben. Es hängt einfach zu viel davon ab, dass der Kerl zur Vernunft kommt. Wo wollen die beiden denn hin, was meinen Sie?"

„Na ja, sie sind nun wieder nur ein Tal östlich von der Oberwiesler Alm und der Almwirt ist bei ihm. Ist wohl ein alter Freund. Das wird nicht einfach, der kennt sich hier perfekt aus."

„Aha." Kranek schien einen Moment zu überlegen. „Versuchen Sie ihnen zu folgen. Und halten Sie mich auf dem Laufenden. Ich melde mich bei Ihnen, wenn ich mich entscheiden sollte, die Verfolgung einzustellen."

„Sie müssen wissen, was Sie für richtig halten."

„Danke, Herr Rössle, und viel Glück!“ Gleich darauf knackte es in der Leitung.

Rössle ließ das Telefon sinken und blickte zu Steger, der mitgehört hatte. Zum ersten Mal waren sich die beiden einig, ohne es auszusprechen. Diese Geschichte wurde langsam unerträglich, und sie hätten Keller und Brugger in diesem Moment nur allzu gerne laufen lassen.

„Gehen wir!“, sagte Rössle dann mit ernstem Blick.

Steger presste die Lippen zusammen und nickte.

„Gut, gehen wir“, sagte er leise.

19

„Verfluchter Postbus! Wenn der nit so langsam gfahrn wär, wärn mer leicht aussi kämma.“

Keller drehte sich um und erblickte tatsächlich Rössles Auto, das sich schnell näherte.

Bald darauf erreichten sie die große Kreuzung am Talausgang und bogen links ab. Keller betrachtete mit traurigem Blick das Verkehrsschild, das nach rechts in Richtung Italien zeigte. Das nächste Mal fahre ich mit Nadine nach Südtirol, dachte er sich. Wenn es noch dazu kommt.

„Mach dir keine Sorgen, Martin“, sagte Brugger, der Kellers resignierte Stimmung bemerkt hatte. „Mir werdn die Reisschüssel von demm Schwobn glei mal richtig an die Grenzen bringen. Wirscht scho sehen. Und dann müss’ mer gehen.“

„Wo willst du denn hin?“

„In die Nähe von der Alm. Da gibt’s an Weg, der führt in das Tal nordöstlich vom Mönchskogel. Da isch es sehr unübersichtlich. Wenn du willscht, können mir dann über den Mönchskogel zu deinem Auto gehen und fahren grad wieder runter, wenn die uns folgen. Wie findscht des?“

Keller hoffte, dass Bruggers Plan aufgehen würde, auch wenn dieser für ihn selbst noch mal eine große Anstrengung bedeutete.

Zwanzig Minuten später schaukelten sie bereits den steilen Schotterweg hinauf und Brugger betrachtete die Verfolger im Rückspiegel.

Brugger legte alle drei Differenzialsperren ein und steuerte sein altes Auto weiter heftig schaukelnd eine Rampe hinauf, die so steil war, dass Keller sich wie ein Astronaut vorkam, der fast waagerecht im Sitz seiner Raumkapsel lag und dem Weltraum entgegenschaute.

„Grad bleibt er hängen“, kommentierte Brugger schmunzelnd, und gleich darauf war Rössles Pajero im Rückspiegel verschwunden. Brugger fuhr lächelnd weiter, als würde es sich um einen entspannten Sonntagsausflug handeln.

„Da oben kimmt no a Alm von am Freund, dem Franz. Bei dem könn' mir uns bedanken, dass er koa Geld hat, um seinen Weg amal zu richten. Nach der Alm können mir noch a Stück fahren, dann geht's los."

Bruggers Telefon klingelte.

„Brugger."

„Meiser, guten Tag! Ich bin der Vater von der Stefanie Meiser, die mit ihrem Freund Klaus Herrmann vorgestern bei Ihnen übernachtet hat. Herr Keller hat uns gebeten, ihm zu helfen, und deshalb würde ich ihn gern mal sprechen. Ist er bei Ihnen?"

„Ja, des isch er. I geb Sie weiter, Moment."

„Keller."

„Herr Keller, mein Name ist Meiser, ich bin der Vater von Stefanie Meiser. Ich bin Rechtsanwalt und habe alle Ihre Unterlagen heute Morgen studiert. Die pharmakologischen beziehungsweise medizinischen Sachverhalte konnte ich natürlich nur begrenzt nachvollziehen. Aber ich habe eine wichtige Neuigkeit für Sie. Dieser Herr Rössle, der Sie offenbar verfolgt, ist Privatermittler und kein Polizist. Es spricht einiges dafür, dass Ihre Firma Ihnen diesen Mann an die Fersen geheftet hat."

„Sind Sie sich da sicher?"

„Ja, der Beschreibung nach, die der Herr Brugger meiner Tochter gegeben hat, müsste er es sein. Er heißt Walter Rössle und arbeitet seit fünf Jahren nicht mehr bei der Polizei, sondern hauptsächlich für Auftraggeber aus der freien Wirtschaft. Ich schließe daraus, dass Sie mit Ihrer Vermutung, man habe Sie in Ihrem Unternehmen hintergangen, richtigliegen. Hätte man etwas gegen Sie in der Hand, hätte man sich höchstwahrscheinlich an die Polizei gewendet, aber das ist offenbar nicht geschehen."

„Glauben Sie, dass der Mann gefährlich ist?"

„Eigentlich nicht, wobei man das natürlich nicht mit endgültiger Sicherheit wissen kann. Möglicherweise wollte er Sie aufspüren, um Sie im Auftrag Ihres Arbeitgebers unter Druck zu setzen oder Ihnen ein Angebot für Ihre Kooperation zu unterbreiten. Haben Sie eine Vermutung, was sie möglicherweise vorhaben?"

„Nun, eigentlich nicht. Vielleicht wollen sie mein Schweigen erkaufen. Ich befürchte, sie werden meine Freundin Nadine Mercier als Druckmittel einsetzen. Sie ist Oberärztin bei Professor Strattmann in der Albtraufklinik bei Böblingen, einem unserer Prüfärzte, und ich bin durch sie erst auf die ganze Sache aufmerksam geworden. Deshalb möchte ich auch nicht die Polizei einschalten, solange sie nicht in Sicherheit ist."

„Gut, dann ist das unsere erste Aufgabe. Wir müssen ja offenbar damit rechnen, dass sie auch überwacht wird. Ich werde mich darum kümmern, wenn Ihnen das recht ist. Wenn Ihre Freundin in Sicherheit ist, melde ich mich bei Ihnen. Stefanies Freund Klaus war heute Morgen übrigens bei Professor Faulbacher. Ich kann Ihnen dazu aber noch nichts Näheres sagen."

„Gut, damit helfen Sie mir sehr. Momentan ist dieser Walter Rössle noch hinter uns her. Begleitet wird er nach wie vor von Matthias Steger, einem Bergführer aus der Gegend. Der glaubt offenbar auch noch, dass sein Kunde Polizist ist. Zumindest hat er das so dem Josef erzählt."

Danach berichtete Keller, was er gerade erlebt hatte und dass sie vorhatten, sich über den Mönchskogel zu seinem Bus durchzuschlagen. Während er das erzählte, passierten sie die Alm von Bruggers Freund Franz, der jedoch nicht da war. Schließlich verabschiedete er sich von Meiser mit dem Versprechen, am Abend nochmals mit ihm zu telefonieren.

Keller musste mehrmals aussteigen, um Elektrozäune zu öffnen. Der alte Mercedes wühlte sich noch mühsam einen

Kilometer weiter in das Hochtal hinein, bis die spärlichen Fahrspuren an einer malerischen Gumpe endeten, in die sich ein kleiner Wasserfall ergoss.

„Endstation, alles aussteigen, bitte!“, bemerkte Brugger lakonisch. Beide wussten, dass sie den Bus heute nicht mehr erreichen würden, und so richteten sie sich auf eine Nacht im Gebirge ein.

Sie packten die Biwakausrüstung ein und liefen los. Brugger hatte noch einen zweiten, unbeschädigten Rucksack dabei, den er Keller gab, damit er seine Ausrüstung nicht noch einmal verlor. Es war ein Uhr mittags.

20

Nach dem Telefonat mit Rössle lief Kranek unruhig in seinem Büro in der achten und obersten Etage des Europharma-Hauptgebäudes auf und ab. Er blickte abwechselnd auf seinen Schreibtisch und durch die großen Fenster, die ihm einen schönen Ausblick auf Konstanz und den Bodensee gewährten. Auf der Schweizer Seite jenseits des Sees schwangen sich hinter Weinbergen, Obstplantagen und saftigen Wiesen die ersten Berge auf. Eine ganze Seite seines modernen Büros bestand aus Glas. Er hatte diesen exklusiven Ausblick immer genossen.

Nun ging er zwischen einer Designersitzgruppe und seinem Arbeitsplatz hin und her und dachte fieberhaft nach. Er hatte keinen Blick mehr für seine teuren Werke moderner Kunst, die er begeistert sammelte und die einer Galerie gleich seinen Raum zierten. Lange hatte er gebraucht, um so weit zu kommen. Zwei Studiengänge, davon einer mit Promotion, unzählige Überstunden, Reisen, Sitzungen, Gespräche, Vorträge. Er hatte nur noch für diese Firma existiert. Vielleicht war das auch ein Grund dafür gewesen, dass seine Ehe vor drei Jahren geschieden worden war. Es war eigentlich nur noch eine überfällige Formalität gewesen, zu sagen hatte man sich schon lange nichts mehr.

Er hatte viele talentierte Mitarbeiter angeworben, herangezogen und zu Führungspersönlichkeiten reifen lassen. Für manche von ihnen hatte er sogar so etwas wie Vatergefühle entwickelt. Martin Keller war so ein vielversprechender Mitarbeiter gewesen. Kranek hatte keine Kinder und Keller war für ihn tatsächlich fast schon ein Sohn geworden. Bis Prof. Faulbacher auftauchte und nicht nur half, ein umsatzrelevantes Produkt vom Markt zu entfernen, sondern sich auch noch als freundschaftlich verbundene Bekanntschaft von Martin Keller herausstellte. Die Hautcreme, die angeblich Allergien auslöste, hatte die ganze mühsam aufgebaute

Consumer-Health-Care-Sparte heruntergezogen. Zu diesem Bereich gehörten alle rezeptfreien Produkte. Die Kundschaft misstraute danach vor allem den anderen Produkten der Pflegelinie, zu der die Creme gehört hatte. Die ganze Linie musste mühsam umgestaltet und neu am Markt platziert werden. Sie erreichte aber nicht mehr die Umsätze, die sie davor generiert hatte.

Zwar hatte sich Keller von Faulbacher in aller Form distanziert, aber Kranek hatte ihm gegenüber nie wieder das Grundvertrauen entwickeln können, das er vorher hatte.

Und nun kamen die finanziellen Probleme. Sie hatten zu viele Projekte und zu wenige zugelassene Medikamente. Eine Entwicklungsoffensive konnte eben nur erfolgreich sein, wenn sie auch marktfähige Produkte lieferte. Das war momentan die größte Hürde. Die Kosten liefen davon. Lediglich CC-784 befand sich unmittelbar vor der Zulassung. Und es musste auch zugelassen werden, sonst konnte Europharma zum Insolvenzrichter gehen. Dann waren diese verflixten Probleme gekommen.

Unter Abwägung aller Gesichtspunkte war Kranek nur eine Wahl geblieben: Er musste diese Schwierigkeiten finanziell lösen. Ausgerechnet finanziell, wo das doch das eigentliche Problem darstellte. Aber diese Kosten waren gering im Vergleich zu den zu erwartenden Ausfällen. Dabei hatte er noch Glück, das sie alle mitgemacht hatten. Und sollte später etwas schiefgehen, wäre notfalls Keller der Verantwortliche gewesen. Der hätte nämlich nicht mehr reagieren können, wenn das Produkt erst auf dem Markt gewesen wäre. Leider hatte er es mitbekommen, wahrscheinlich durch seine Freundin.

Was sollte er tun? Rössle würde ihn wohl nicht mehr umstimmen können. Keller hätte gut verdienen können, aber offenbar wollte er nicht. Er hatte den gleichen sturen, idealistisch-verträumten Kern wie sein Freund Faulbacher. Eigentlich gab es nur noch eine Chance.

Kranek nahm sein Handy aus der Tasche und wählte die Nummer von Dimitri Pimkin. Früher war er mal russischer Soldat in der DDR gewesen. Nun besaß er ein Etablissement, in das Kranek ab und an ging. Anfangs mit Geschäftsfreunden, in letzter Zeit auch manchmal alleine. Er vereinbarte ein Treffen um sechzehn Uhr. Dimitri war Ende fünfzig, stets gut gekleidet, verfügte über eine beeindruckende Bildung und sprach perfekt Deutsch. Wenn man sich mit ihm unterhielt, fasste er sich oft an das Goldkreuz, das er um den Hals trug. Er war immer sehr freundlich. Wenn ihm jetzt einer helfen konnte, dann war das Dimitri.

21

Der weiße Polo mit der Böblinger Nummer stand auf dem Parkplatz hinter der Klinik. Für Andreas Haller war es kein Problem gewesen, das Kennzeichen herauszubekommen. Er hatte einen alten Freund auf der Zulassungsstelle. Nun saß er in seinem blau-metallic glitzernden 3er BMW touring schräg gegenüber der Schranke vor der Ausfahrt vom Klinikgelände und wartete darauf, dass der Wagen erschien. Er blickte sich um. Es gab noch andere Fahrer, die warteten, eventuell auf einen Verwandten, vielleicht auch auf ihren Partner, der jemanden in der Klinik besuchte oder einfach hier arbeitete. Einer von ihnen, so vermutete Haller, wartete auf Nadine Mercier. Und dieser Jemand würde wahrscheinlich ein heimisches Kennzeichen haben, entweder ein S für Stuttgart oder ein Kennzeichen aus der unmittelbaren Umgebung, oder einen Leihwagen.

Im Radio liefen die Nachrichten, deren Wetterprognose für den Süden Baden-Württembergs, Bayerns und für die Alpennordseite heftige Gewitter mit Starkregen, Orkanböen und einer sinkenden Schneefallgrenze auf unter zweitausend Meter ankündigte. Die dafür verantwortliche Kaltfront sollte im Laufe der ersten Nachthälfte im Westen des Landes eintreffen. Nachdem eine freundliche, aber etwas aufgedrehte Sprecherin eine stattliche Anzahl von Staumeldungen heruntergerattert hatte, ging es mit den üblichen Popkonserven weiter.

Haller schüttelte seinen rundlichen Kopf, den nur noch wenige kurze graue Haare zierten, und drehte das Radio aus. Eigentlich hatte er sich mit seinen fünfundfünfzig Jahren ganz ordentlich gehalten. Gut, ein kleiner Bauchansatz war zwar schon lange da, aber er hatte sich nie zum Ranzen entwickelt, darauf hatte er geachtet; seine Leidenschaft, das Radfahren, hatte dabei geholfen. Da er nur eins fünfundsiebzig groß und zudem von eher gedrungener Gestalt war, hätte das nicht nur auf die Kundschaft keinen guten Eindruck gemacht, sondern auch auf die Damenwelt. Trotzdem war er noch immer ledig.

Nun war es fünf Minuten nach fünf am Nachmittag. Eigentlich müsste sie gleich herauskommen, ihre Schicht war um siebzehn Uhr zu Ende. Haller trippelte nervös mit seinem Fuß auf dem Gaspedal herum. Er verspürte wieder diese Anspannung kurz bevor es ernst wurde, die ihm als jungem Beamten schweißgebadete Alptraumnächte beschert hatte, und die er nun liebte. In diesen Momenten, das war ihm inzwischen klar, konnte er den Lauf der Dinge ändern. Es war nicht jedem vergönnt, etwas Bleibendes zu hinterlassen, und Haller hatte verstanden, dass ihm das als Privatdetektiv möglich war. Wenn viele davon sprachen, man müsse dem Recht zum Durchbruch verhelfen, konnte er nur lachen. Er wusste, wie schwierig das oft war. Trotzdem machte es ihn glücklich, wenn er ab und zu daran mitwirken konnte.

Für Meiser arbeitete er nun schon seit achtzehn Jahren, seit den Anfängen seiner Kanzlei. Sie hatten sich vor Gericht kennengelernt, er hatte für die Gegenseite ausgesagt. Meiser hatte ihn mächtig in die Zange genommen. Hart, aber fair war er gewesen, und diese Eigenschaften waren ihnen gemeinsam. Meiser war eine Woche danach auf ihn zugekommen und hatte ihn engagiert. Seitdem hatte er regelmäßig für ihn zu tun und ihre Zusammenarbeit war meist recht erfolgreich. Allerdings waren bislang kaum derart brisante Mandate dabei gewesen.

Als Volker Meiser heute Mittag anrief, schien er ein wenig von seiner sonst so typischen Gelassenheit verloren zu haben. An dieser Sache war etwas anders, das war Haller schon nach zwei Sätzen klar, als Meiser seine Tochter und ihren Freund erwähnt hatte. Persönliche Dinge konnte auch der professionelle Meiser nicht so einfach an sich abperlen lassen. Er war kein herzloser Typ, er war meist der ruhende Pol und auch deshalb so erfolgreich.

Diesmal aber war er spürbar beunruhigt. Er hatte ihn „sofort“ losgeschickt und ihn aufgefordert, Frau Dr. Mercier „unverzüglich“ in Sicherheit zu bringen. Gleich darauf hatte Haller ein umfangreiches Dossier in seinem E-Mail-Postfach vorgefunden. Er sollte sich ausschließlich mit diesem Fall befassen und alles andere ruhen lassen. Nachdem er die Nachricht Meisers gelesen hatte, war auch er der Meinung, dass es dieses Mal ernster war als sonst. Also hatte er sofort die Arbeit an dem neuen Fall aufgenommen. Vier Stunden später stand er nun hier.

Die Schranke öffnete sich und der Lastwagen einer Großwäscherei verließ das Klinikgelände. Er hielt an der Einmündung auf die Hauptstraße, um sich in den Verkehr einzureihen. Bald darauf kam eine größere Lücke und der LKW bog ab. Unmittelbar dahinter erschien der weiße Polo und bog ebenfalls ab. Haller schoss in seinem Sitz hoch und startete den Motor.

Noch bevor er losfahren konnte, rollte ein schwarzer Mitsubishi Galant mit Stuttgarter Kennzeichen an ihm vorbei. Dieser Rössle könnte seinen Mitarbeitern ja wenigstens mal eine andere Automarke spendieren, dachte Haller. Offenbar wollte er als Schwabe nicht auf einen ordentlichen Rabatt verzichten, wenn er gleich mehrere Autos bei einem Händler erstand. Haller war sich sicher, den Schatten Nadine Merciers gefunden zu haben. Trotzdem notierte er das Kennzeichen. Spätestens morgen früh würde er wissen, wem dieses Auto gehörte.

Zügig fuhr er los, nachdem er noch ein Auto hatte passieren lassen müssen. Aber das war auch ganz gut so, er wollte sich von Rössles Kollegen nicht entdecken lassen.

Die Albtraufklinik lag etwas außerhalb, sodass die Fahrt erst einmal über Land führte. Am Ortseingang von Böblingen drosselten sie das Tempo und der weiße Polo blinkte rechts, um gleich darauf an einer der vielen Zapfsäulen der großen Tankstelle Halt zu machen. Der schwarze Galant hielt nur wenige Meter hinter der Tankstelle auf dem Bürgersteig.

Nadine Mercier stieg aus und begann zu tanken. Haller konnte Martin Keller sofort verstehen. Sie war eine Schönheit und wirkte noch dazu intelligent. Nachdem sie fertig war, ging sie hinein, um zu bezahlen.

Haller fummelte an einem seiner Reifen herum, er hatte vordergründig den Luftdruck kontrolliert. Er hängte den Schlauch zurück in die Halterung und folgte Mercier, um sich hinter ihr in der Schlange einzureihen. Der Mitsubishi stand noch immer auf der Straße. Von dieser Position aus konnte man in das Gebäude hineinschauen.

Haller nahm eine große Packung Gummibärchen, wandte seinen Kopf in Richtung der Kühltheke, um nicht gesehen zu werden, und flüsterte mit ruhiger Stimme:

„Frau Doktor Mercier, drehen Sie sich nicht um. Ich habe Ihnen die Nachricht in Ihr Auto geschoben. Lassen Sie sich den Toilettenschlüssel geben und warten Sie hinter dem Gebäude auf mich, bis Sie mein Auto sehen. Es ist der blaue BMW da draußen rechts. Dort sollten Sie vorher Ihren Wagen abstellen, wir lassen ihn dann holen.“

Nadine Mercier war zuerst zusammengezuckt, als sie die Stimme hinter sich hörte, dann nickte sie kaum merklich. Sie bezahlte und ließ sich den Toilettenschlüssel aushändigen.

Als Andreas Haller die Gummibärchen und eine Packung Zigaretten erstand, die er dem Wirt seiner Stammkneipe schenken würde, denn er war Nichtraucher, konnte er Mercier beobachten, wie sie ihr Auto neben seines stellte. Kurz darauf ging er hinaus und sah sie noch um die Ecke verschwinden.

Er parkte rückwärts aus und fuhr in die Richtung, aus der er gekommen war. Gleich in die erste Seitenstraße links bog er ab und dann nochmals links in ein Industriegebiet. Nun war er direkt hinter der Tankstelle. Er hatte sich das alles vorher genau angeschaut.

Nur ein etwa ein Meter hoher Zaun grenzte das Gelände eines Metallgroßhändlers von der Rückseite der Tankstelle ab. Dort stand Nadine Mercier und schaute hinüber. Haller hielt an und winkte. Sofort stieg sie über den Zaun und kam auf ihn zugelaufen. Dabei schaute sie sich immer wieder um. Obwohl es nur knapp fünfzig Meter waren, dauerte es scheinbar endlos, bis sie endlich einstieg. Haller wunderte sich jedes Mal wieder, wie lang manche Momente in seiner Wahrnehmung wurden, wenn es spannend war.

„Andreas Haller“, sagte er, gab ihr die Hand und fuhr gleichzeitig los.

„Nadine Mercier, ich danke Ihnen.“

„Nichts zu danken, Frau Doktor Mercier, das ist mein Job. Ich fahre Sie jetzt zu Herrn Meiser, dem Anwalt, der Ihren Freund vertritt. Ihr Freund ist in bösen Schwierigkeiten. Herr Meiser wird Ihnen das sicher gleich genauer sagen, als ich das kann. Möchten Sie ein Gummibärchen?“

Peter Mertens, ein großer, sportlicher Typ Ende zwanzig mit dunkler Bürstenfrisur, stand mit offenem Mund vor der offenen Tür der Damentoilette, in deren Schloss der Leihschlüssel baumelte, den Nadine Mercier gerade ausgeliehen hatte. Er blickte sich nach allen Seiten um, aber seine Augen blieben nirgends hängen. Er rannte zurück, um nach ihrem Auto zu schauen. Es stand noch da, wo sie es abgestellt hatte. Es fehlte lediglich die Fahrerin. Und die würde er, so schwante ihm inzwischen, so bald nicht wiedersehen. Er erahnte das Donnerwetter, das ihn erwartete, wenn er das seinem Chef erklären musste. Das würde ihn wohl sein Jiu-Jitsu-Training an diesem Abend kosten.

Mertens ging zurück zu seinem Auto und zückte sein Mobiltelefon. Nach einem tiefen Seufzer wählte er Rössles Nummer.

22

Es war inzwischen drei Uhr nachmittags. Keller und Brugger stiegen immer noch das Tal hinauf, an dessen Eingang sie geparkt hatten. Es war unerträglich schwül, und die Rucksäcke mit der Biwakausrüstung drückten auf den Schultern. Brugger hatte Leichtschlafsäcke, ein Doppelseil und Kletterausrüstung, einen Biwakkocher und Proviant für sie beide eingepackt. Keller war froh, dass er die letzte Nacht gut geschlafen hatte, trotzdem spürte er die Anstrengungen der vergangenen Tage. Er musste Brugger mehrfach bitten, langsamer zu gehen. Dabei versuchte er sich aufzumuntern mit der Einsicht, dass er mit größter Wahrscheinlichkeit Bruggers Tempo weder im ausgeruhten Zustand noch formverbessert hätte mithalten können. Außerdem war der drahtige Brugger sicher mindestens zehn Kilo leichter als er. Und er war halt ein erfahrener, routinierter Bergfex.

Das brauchte ihm keine Angst zu machen, er wusste, Josef würde ihn nicht hängen lassen, im Gegenteil. Das sah man schon daran, dass er, ohne einen Ton zu sagen, beide Hälften des Doppelseils in seinen Rucksack gepackt hatte. Gern wäre Keller auch so fit gewesen. Wenn er die körperliche Vitalität Bruggers sah, fragte er sich, ob er die vergangenen Jahre nicht etwas anders hätte verbringen sollen. Gebrechlich und degeneriert kam er sich vor. Wieder stieg dieses Gefühl der Hilflosigkeit in ihm hoch, als er dem mühelos bergan steigenden Brugger auf den immer weniger ausgetretenen Pfaden folgte. Eigentlich war er jetzt schon erschöpft, aber er hatte keine Wahl. Einmal noch durchhalten! Notfalls würde er Josef Brugger fahren lassen, wenn sie seinen Bus erreicht hatten.

„Sodele, da mach mer mal a Pause, da könns uns net sehen. Weiter droben ist alles frei, und da müss' mer zugehen, damit die uns möglichst net glei entdecken. Der Hias würd dann vielleicht wissen, wohin mir wollen. Deshalb sollten mir auch sicher sein, dass sie uns folgen, net dass sie außenrum fahren und uns dann an deinem Auto erwarten …"

Keller stellte ächzend seinen Rucksack ab und setzte sich auf einen Stein.

„Gut. Aber wenn wir sie beobachten können, sehen sie uns doch wahrscheinlich auch, oder?"

„Hier net. Wenn du mal zwischen den Bäumen hindurchschaust, siehst du unten links grad noch die letzte Weide, über die wir gangen sind. Da müssten sie eigentlich auch drüber, wenn sie uns noch folgen. Sobald mir die sehen, gehen mir weiter."

Es war ein beschauliches Plätzchen. Ein paar Meter neben ihrem schattigen Lagerplatz plätscherte jener Bach, der weiter unten als kleiner Wasserfall zu Tal stürzte und neben dem sie geparkt hatten. Brugger schnitt zwei Scheiben von einem Brot ab, belegte sie mit etwas Käse und reichte eine Scheibe Keller, der schon seine neue Trinkflasche angesetzt hatte. Er wollte sie am Bach gleich wieder auffüllen. Als er das Brot nahm, blickte er auf die Hände Bruggers, die ihm schon so manches Bier und gute Essen serviert hatten. Obwohl sie auf den ersten Blick eher feingliederig wirkten, sah man ihnen an, dass sie viel und hart gearbeitet hatten. Seine eigenen Hände waren dagegen die eines aristokratischen Schöngeistes, dachte Keller.

„Sag mal, Josef, wieso bist du eigentlich nicht Bergführer geworden? Das hättest du doch locker drauf gehabt."

„I wollt Bergführer werden. Den Eingangslehrgang hatt i schon bestanden, aber mei Vater und mei Mutter ham immer solche Ängscht gehabt, dass i beschlossen hab, des zu lassen. Früher hat's halt a scho Tote geben im Gebirg und au auf der Oberwiesler Alm ham's des hautnah mitkriagt. Du weißt ja, dass i im Himalaya auf Expedition war. Hast ja sicher mal des Gipfelfoto vom Cho Oyu auf der Hüttn hängen sehn. Als i da nach Hause kam, warn sie so glücklich, dass i no leb. I wollt sie net weiter enttäuschen. Sie wollten, dass ihre Kinder an normalen, bessern Beruf ham als sie selber. So hat mei Schwester dann Landwirtin gelernt und i sollt Lehrer werdn. A sichere Stelle beim Staat."

So hatten Kellers Eltern auch gedacht, nur hatten sie ihm freie Wahl gelassen. Sein Vater hatte ihn nicht dazu drängen wollen, die Schreinerei zu übernehmen, deren Buchhaltung und Büro seine Mutter führte. Der Vater war es auch, der ihn mit in die Berge nahm, sodass sie einige Jahre Berg- und Skitouren zusammen unternahmen und sich dann schon über das Ritual bei der Heimkehr amüsierten, wenn die besorgte Mutter „ihren Männern" die Zeitungsausschnitte der während ihrer Unternehmungen stattgefundenen Bergunfälle auf dem Küchentisch ausbreitete. Heute hatten sie mit vierundsiebzig und achtundsechzig Jahren genug damit zu tun, ihren Alltag zu bewältigen und die paar Jahre zu genießen, die ihnen blieben. Er würde sie nicht mit seinen Problemen belasten, das hatte er vor ihrem letzten Telefonat am Sonntag beschlossen. Direkt danach war er losgefahren, nicht ahnend, was er erleben würde.

„Nur leider ist mei Vatter dann mit achtundfünfzig gestorben, Leberkrebs", fuhr Brugger fort. „Des ging alles ganz schnell. I hab ihm und meiner Mutter alles zu verdanken ghabt. Außerdem bin i ja quasi auf der Alm aufgewachsen, und mei Mutter wollt sie nimmer bewirtschaften. Also hab i sie übernommen, kurz bevor er gestorben is, und auch die heimische Landwirtschaft. Da hat i genug zu tun. Jetzt bin i halt weder Lehrer noch Bergführer. Aber glücklich bin i trotzdem. Heut bin i froh, dass mir damals nix passiert is. Gelegenheiten hat's genug geben. Au mit am Hias. Der war damals a ganz Wilder."

„Der Hias Steger?"

„Ja, der Hias. Der is mir damals in der Hasse-Brandler, an der Großen-Zinne-Nordwand, zwölf Meter in den Stand gflogen, und es war a Wunder, dass die Haken ghalten ham, sonscht wärn mer heit nimmer da. Damals war's eine der schnellsten Begehungen, aber wenn i heut dran denk, graust mer's regelmäßig."

„Puh, dann gibt's ja vielleicht bessere Bergführer als den Hias Steger, denen man sich anvertrauen sollte."

„Na, des würd i net sagen. Ihm is damals a Haken ausbrochen, man hat die Tour ja zu der Zeit noch viel technischer geklettert. An sich is er scho in Ordnung. Damals warn des halt die Lehrjahre. Mir ham no ans heroische Bergsteigen geglaubt, aber net realisiert, dass au mir mal die Opfer hätten sein können."

„Das kann ich gut nachempfinden. Der Kurt und ich, wir haben uns damals auch für unverletzbar gehalten."

„I weiß, i hab euch manchmal beobachtet und dabei an meine wilde Zeit denken müssen. Aber im Vergleich zu uns wart ihr ja meistens no vernünftig. Mir waren da in einer Clique drin, in der die Konkurrenz sehr hart war. A jeder wollt der Beste und der wildeschte Hund sei. Na ja, alles lang vorbei, und manche von dene ham's au nit überlebt."

„Gehst du denn jetzt gar nicht mehr in die Berge?"

„Doch, schon noch. Aber nur harmlose Sachen mit guten Haken oder welche, die nit so brüchig san und die man sonscht guat absichern kann. Warum bischt eigentlich nimmer kämma die letschten Jahr?"

„Nachdem der Kurt weg war, habe ich fast nichts mehr gemacht. Es war so leicht, sich in den Beruf zu stürzen, es war keiner mehr da, der anrief und mich mitgezogen hat. Außerdem hatte ich auch wirklich immer mehr zu tun. Ich hatte einen Förderer, meinen Chef. Der hat voll auf mich gesetzt, bis vor zwei Jahren."

„Wos isch da passiert?"

„Da war ein guter Bekannter von mir daran beteiligt, als eines unserer wichtigsten Produkte vom Markt genommen wurde. Ab da hat er mich nicht mehr so gefördert. Und jetzt muss ich fürchten …"

„Wart, da kommen sie, siehscht sie?"

Keller verstummte augenblicklich. Unten, auf der letzten Weide, waren zwei Wanderer mit Rucksäcken zu sehen, die langsamen, aber regelmäßigen Schrittes in ihre Richtung gingen: Steger und Rössle. Sie waren nun also eine gute Stunde hinter ihnen.

„Auf geht's, pack mer's. Den Rest kannscht mir heut Abend erzählen, i glaub, da werden mir noch Zeit genug habn."

Schnell hatten sie wieder die Rucksäcke geschultert.

„Der Hias sieht die umgeknickten Halme in der Wiese, der weiß, dass mir hier lang san", sagte Brugger, drehte sich um und ging los.

Martin Keller folgte ihm und grübelte. Ihm kam das eher wie ein Indianer- oder Räuber-und-Gendarm-Spiel pubertierender Jungs vor, aber er wusste, dass es kein Spaß war.

„Meinst du, wir schaffen es heute noch rüber zu meinem Bus?"

„Na, des glaub i net. I denk, mir werden in der Ostwand vom Mönchskogel biwakieren. Da gibt's an guaten Biwakplatz, da müssten mir eigentlich no hinkämma. Des is der kürzeste Weg. Außerdem sieht ma vo da oben fast alles, also au den Hias mit seinem Herrn Rössle."

„Kennt denn der Hias die Gegend?"

„Die Gegend vielleicht scho a bisserl, aber i glaub net die Tour, die wird nur ganz selten gemacht."

Oberhalb des kleinen Wäldchens ging es über eine Stufe, dahinter begann ein vollkommen baumloses Hochtal, das erst von hier aus einsehbar war. Es zog sich lang an den Fuß der Mönchskogel-Ostwand.

Keller hatten das Essen und die Pause gut getan. Erst als es steiler wurde, musste er ein paar Mal anhalten, um zu verschnaufen.

Als sie sich um fünf Uhr nachmittags über ein steiles, steiniges Kar dem Einstieg näherten, entdeckten sie ihre Verfolger wieder. Diese waren erst am Anfang des baumlosen

Hochtals. Das bedeutete mindestens eineinhalb Stunden Vorsprung. Doch nun konnten sie auch von ihnen gesehen werden.

„Ob er telefoniert und uns jemanden außen herum schickt?"

„Des kann scho passieren, aber mir können von drobe ja jedes Auto sehen, was kommt. Dann steigen mer woanders ab. Warten mir's ab."

Eine gute Viertelstunde später waren sie am Einstieg. Brugger zog sich seine Kletterausrüstung an, legte die beiden Seile auf den Boden und seilte sich an. Keller tat es ihm gleich. Es war im Grunde wie immer beim Klettern. Stille Entschlossenheit und Konzentration kennzeichneten die Seilschaft, die in diesem Fall in besonderer Weise eine Schicksalsgemeinschaft war. Den Unterschied machten die unwirkliche Bedrohung durch Dritte und ihr Einstieg zu einer unüblichen Uhrzeit. Es war halb sechs Uhr abends. Auf einer Hütte hätte es demnächst das Abendessen gegeben, aber Keller hatte ganz andere Sorgen.

„Wie schwer ist die Tour eigentlich?", fragte er.

„Des is a Sechser, aber des san nur a paar Meter, der Rest is maximal fünf", erwiderte Brugger, grinste und zog dabei die Augenbrauen hoch.

„Ach du Scheiße", entfuhr es Keller. „Und wie soll ich da raufkommen? Ich bin doch jetzt schon völlig am Ende!"

„Früher bist du so was auch raufgekommen. Keine Angst, wo's schwer is, kann i dir immer Zug von oben geben, des packst du scho. Die Frage isch nur, ob's der Hias schafft, den Rössle da naufzuziehn", antwortete Brugger mit einem Augenzwinkern und stieg ein.

Die ersten Meter führten durch einen senkrechten, sich nach außen öffnenden Kamin, der kaum eine Möglichkeit zur Sicherung bot. Keller wurde ganz anders, als er sah, dass Brugger bereits gut zwanzig Meter emporgestiegen war, ohne eine erste Zwischensicherung einzuhängen. Sein Kletterstil war flüssig und sicher, eine Augenweide. Trotzdem konnte Keller es nur schwer ertragen zuzuschauen, denn schon ein Fehler hätte den sicheren Absturz bedeutet. Er war das nicht mehr gewohnt.

Nach gut fünfundzwanzig Metern legte Brugger eine Schlinge um einen Klemmblock im Innern des Kamins und stieg rasant weiter.

Etwa eine Minute später hörte Keller sein Kommando: „Stand!"

Keller rief: „Seil ein!" und nahm Brugger aus der Sicherung.

Schon holte Brugger die zwei Stränge des Doppelseils in einem irren Tempo ein. Noch bevor Keller seine Kletterschuhe gebunden hatte, zog das Seil an seinem Gurt.

„Seil aus!", rief er hinauf und bekam umgehend „Nachkommen!" zur Antwort.

„Na, wenn er mit dem Hias auch immer so gerannt ist, ist es wohl kein Wunder, dass sie immer so schnell waren", sagte Keller vor sich hin und rief:

„Ich komme!"

Wenig später schrubbte er schon im Einstiegsschlund und fragte sich, ob der neue Rucksack, den ihm Brugger geliehen hatte, wohl auch gleich einem Kamin zum Opfer fallen würde.

Nach gut zehn Minuten war er am Stand. Nun kam die zweite und schwerste Seillänge, wie Brugger ihm gleich mitteilte. Der Kamin war inzwischen zu einem Riss geworden, der sich wenige Meter über dem Standplatz in der Wand verlor. Ein dunkler, überhängender Riegel verlief darüber quer durch die Wand. In ihm steckten ein paar rostige Schlaghaken älteren Datums.

„Hast du nicht gesagt, du machst so was nicht mehr?", fragte Keller.

„Ja, außer man kann es guat absichern", entgegnete Brugger und zeigte auf das Sammelsurium an Klemmkeilen an seinem Klettergurt. „Bis gleich. Koa Angscht, i mach die Tour nit zum erschten Mal!“

Martin Keller stand in seiner Nische und schaute nach oben, wo Brugger bereits die zweite Zwischensicherung einklinkte. Er kletterte nun langsamer, gewann aber kontinuierlich an Höhe, bis er unter den überhängenden Felsriegel kam.

„Pass jetzt bittschön mal besonders guat auf“, rief er hinab, hängte einen der alten Haken ein und begann in eine längere, schräg nach links ansteigende, überhängende Passage zu klettern. Nachdem er einen soliden Klemmkeil in ein Loch gelegt hatte, löste er zwei Meter höher die Füße, schwang einen Fuß weit nach links oben in den Überhang und hängte die Ferse ein. Er klinkte noch einen Haken, in dem einige alte Schlingen vor sich hinmoderten, und zog mit seinem linken Arm einmal kräftig an, bis er mit rechts einen offenbar großen Griff erreichte. Wenige flinke Bewegungen später war er über den Wulst geklettert und nicht mehr zu sehen. Ein paarmal wurde das Seil noch ruckartig nach oben gezogen, dann bewegte sich eine Weile nichts.

Keller wartete gespannt und blickte abwechselnd nach oben, dem Seil hinterher, und nach unten, wo sich die Verfolger näherten. Sie stiegen inzwischen schon das steile Schuttkar empor. Vielleicht noch eine gute Dreiviertelstunde und sie würden am Einstieg sein. Jetzt gab es keine Rückzugsmöglichkeit mehr.

„Stand!“

„Seil frei!“

Brugger holte im gleichen Tempo das Seil nach wie zuvor. Fünfzehn Minuten später war Keller am Fuß der überhängenden Zone.

Seine Finger waren nicht mehr so stark wie einst. Die zwanzig Meter bis hier hatten sich sicher schon im niedrigen sechsten Schwierigkeitsgrad bewegt. Der Rucksack zog ihn nach unten und jetzt wurde es ja erst richtig schwer. Man konnte zum Einstieg spucken.

„Josef, ich glaube nicht, dass ich mit dem schweren Rucksack hier raufkomme. Ich bin jetzt schon platt.“

„Häng ihn vor dir in des gelbe Seil, am besten zwoa Meter über dir, dann zieht's di ned so naus. I sicher di dann am blauen Strick und zieh den Rucksack am gelben hoch.“

Brugger zog das blaue Seil an, Keller setzte sich mit mulmigen Gefühlen ins Seil. Der Haken vor ihm, den er noch nicht ausgehängt hatte, bog sich unter der Belastung. Er knotete den Rucksack an das andere Seil.

„Alles klar, kann losgehen.“

Der Rucksack schwebte langsam nach außen, bis er am nächsten Haken hing. Nun galt es. Keller versuchte die überhängende Passage schnell kletternd zu überrumpeln. Er hatte von unten genau zugeschaut und wusste, dass er die Griffe wahrscheinlich nicht allzu lange würde halten können. Er musste also schnell sein.

Es war eine sehr athletische Kletterei an großen Griffen, die allerdings zum Teil feucht und vor allem abschüssig waren. Kellers Unterarme fühlten sich mit jedem Zug kraftloser an und er hoffte nun auf den rettenden großen „Bierhenkel“, den er auch mit vollkommen zugelaufenen, dicken Armen noch hätte halten können.

Er brauchte lange, um den Klemmkeil aus dem Loch herauszufummeln, in das Brugger ihn gelegt hatte. Endlich erreichte er überstreckt den großen Griff, an dem Josef seinen linken Fuß über die Kante des Überhangs geschwungen hatte. Er klinkte nochmals einen Haken aus. Brugger zog den Rucksack, der im Weg hing, wieder weiter nach oben. Es war ihm, als würde gleich sein ganzer Körper kollabieren. Keller strampelte mit den Füßen und endlich konnte er seine Ferse links oben einhängen, bevor seine Finger aufgingen.

„Zug, Josef, mach fest!“

„Des packst du, hast es doch eh scho“, kam es ihm laut von oben entgegen. Josef stand fünfzehn Meter über ihm und konnte ihm von dort schon zuschauen. „Auf geht's!“

Keller spürte den Zug an seinem Gurt und mit dieser Unterstützung konnte er hochgreifen.

„Na also, des war's, Martin", lobte Brugger aufmunternd.

Keller stand auf dem schmalen Band oberhalb des Überhangs. Unter seinen Füßen war Luft bis hinab zum Einstieg. Er hechelte und schüttelte seine kraftlosen Arme. Er hätte momentan nicht mal ein Weizenglas halten können.

Diese Seillänge musste doch etwas wert sein, dachte Keller, wenn der Rössle seit Jahren nicht mehr ins Gebirge gegangen ist. Und vielleicht hat er ja ohnehin nie geklettert. Da dürfte auch der Steger Probleme haben, den hier hinaufzubekommen.

Inzwischen war es kurz vor sieben. Brugger stieg sofort wieder los. Erst ging es über Platten weiter, später durch Risse, Rinnen und Kamine.

Als es zu dämmern begann, waren sie hundertfünfzig Meter unter dem Gipfel des Mönchskogels. Keller konnte schon zum Grat hinüberschauen, hinter dem der Normalweg auf den Gipfel ging, den er mit Stefanie und Klaus am Tag zuvor erklommen hatte. Hohe Schleierwolken begannen den Himmel zu überziehen.

„Stand!", erklang es von oben. Brugger war nochmals eine lange Seillänge vorgestiegen. Fünfzig Meter ging es erst eine Rampe und dann eine Bilderbuchverschneidung empor. Oberhalb legte sich die Wand offenbar schon zurück, Brugger war nicht mehr zu sehen.

Als Keller loskletterte, konnte er die Griffe und Wandstrukturen nur noch schlecht erkennen. Ein paar Sterne waren am Himmel auszumachen, aber sie leuchteten nur matt durch den sich langsam verdichtenden Wolkenschleier. Es war deutlich kühler geworden, immerhin bewegten sie sich hier auf rund dreitausend Metern. Und es war gut zehn Uhr abends.

Als er am Ende der Verschneidung ankam, war es bereits dunkel. Brugger saß in einer Höhle.

„Darf ich bekannt machen? Unser Nachtquartier, Herr Doktor Keller."

Brugger lachte und sicherte Keller, sodass er sich nun gefahrlos bewegen konnte. Das war also der Platz, den er gemeint hatte.

„Der Rest bis zum Gipfel is a harmloser Dreier. Jetzt koch mer erscht mal was, und dann hau mer uns hi. Sobald mir uns wieder etwas besser fühlen, geht's weiter."

Sie begannen ihre Rucksäcke auszuräumen und ihr Nachtlager vorzubereiten. Brugger kramte sein Handy aus der Deckeltasche.

„I hab vorhin a SMS bekommen, Moment mal."

Er überflog die Nachricht, lächelte und reichte das Telefon Keller.

„Nadine ist in Sicherheit!", freute der sich.

„Ja, und du wirscht morgen früh da herüben abgholt! Am besten, du rufst glei mal zurück."

Steger und Rössle hatten sie, seit sie den großen Überhang überklettert hatten, nicht mehr gesehen.

23

Es war kurz nach fünf, als das Telefon klingelte. Klaus Herrmann stellte seine Kaffeetasse ab, sprang auf und rannte aus der Küche in sein Zimmer. Auf seinem Schreibtisch lag sein Mobiltelefon inmitten von Schlüsseln, seiner EC-Karte, Geldscheinen, Münzen und alten Quittungen, kurzum dem ganzen Inhalt seiner Hosentaschen. Nachdem er aus Freiburg zurückgekommen war, hatte er sich an diesem schwülen Tag erst einmal seiner formalen Kleidung entledigt und geduscht. Nun lief er in einer kurzen Hose herum.

„Herrmann!"

„Faulbacher, guten Tag, Herr Herrmann. Ich habe alle Unterlagen durchgesehen und etwas recherchiert. Ich glaube, dass hier eine ganz krumme Geschichte läuft. Ich denke, Martin Keller hat recht gehabt."

„Wären Sie bereit, uns das alles persönlich zu erläutern? Meine Freundin, sie ist Jurastudentin, und ihr Vater, ein Rechtsanwalt, versuchen ebenfalls Herrn Keller zu helfen und sind mit ihm in Kontakt. Vielleicht könnten wir uns treffen, damit sie es auch verstehen."

„Gerne. Wie wäre es gleich heute Abend in Karlsruhe? Mein Bruder lebt dort, und ich wollte ihn heute besuchen."

Faulbacher und Klaus vereinbarten ein Treffen um halb acht Uhr abends in einer Pizzeria am Rande der Innenstadt. Für den Fall, dass etwas schiefgehen sollte oder eine außergewöhnliche Entwicklung eintrat, gab Faulbacher ihm seine Handynummer.

Gleich darauf rief Klaus bei Volker Meiser an und fragte ihn, ob er und Stefanie auch kommen würden.

„Gern, Stefanie ist noch bei mir. Ich würde vorschlagen, wir treffen uns dort. Nach Karlsruhe fährt man rund eine Stunde, also brechen wir kurz vor halb sieben auf. Ich hoffe, wir haben dann auch noch ein paar Neuigkeiten zu berichten. Bis bald."

Wenige Minuten nach dem Gespräch mit seinem Schwiegersohn in spe klingelte abermals Meisers Telefon. Stefanie, die an einem Nebentisch Kellers Dokumente studierte, blickte auf.

„Meiser ... Ah, Herr Haller! Sie haben sie? … Prima! Kommen Sie doch einfach mit ihr her … Bitte? ... Ja, am besten sofort … Danke. Bis gleich.“

Meisers Miene erhellte sich.

„Haller hat sie. Er bringt sie gleich hierher.“

„Frau Mercier?“

„Jawohl. Ich denke, in einer halben Stunde wissen wir mehr.“ Meiser lehnte sich in seinem Sessel nach hinten und streckte die Arme nach oben.

Als er sich wieder nach vorne beugte, lächelte er seine Tochter an und sagte: „Keine Angst, meine Süße, es sieht so aus, als käme alles in Ordnung. Wenn der Haller hier ist, schick ich ihn gleich in die Berge, den Keller abholen. Und dann nehmen wir uns mal seine Herren Arbeitgeber vor.“

„Und wann sollen wir die Polizei verständigen?“

„Mal sehen, was uns der Herr Professor heute Abend berichtet. Wenn das ausreicht und Herr Keller nichts dagegen hat, können wir morgen früh gleich loslegen.“

„Ich versuche mal, den Martin zu erreichen, um ihm die gute Nachricht zu überbringen. Vielleicht gibt er uns ja dann gleich sein Okay.“

Stefanie Meiser wählte Bruggers Nummer, bekam aber nur eine Mitteilung, dass er zurzeit nicht erreichbar sei und sie es später noch einmal versuchen solle. Eine Mailbox hatte er nicht. Offenbar waren Brugger und Keller in einem Funkloch. Also beschloss sie, ihm eine SMS zu schicken:

Lieber Martin, Nadine ist in Sicherheit. Bitte teile uns mit, wo du bist, damit wir dir einen zuverlässigen Detektiv meines Vaters schicken können, um dich abzuholen. Gruß, Stefanie Meiser

Stefanie las den Text ihrem Vater vor.

„Ist das so in Ordnung?“

„Ja, das ist gut. Vielleicht meldet er sich ja nachher, dann kann er gleich mit seiner Freundin sprechen, das sollte ihn doch etwas aufmuntern.“

Eine knappe halbe Stunde später klingelte es an der Tür und Meisers Sekretärin begleitete Dr. Mercier und Haller in Meisers Büro. Meiser strahlte, als er Nadine Mercier gegenübertrat und ihr die Hand gab.

„Guten Tag, Volker Meiser ist mein Name, Herr Haller hat Ihnen sicher schon berichtet, wer ich bin. Das ist meine Tochter Stefanie, die, gemeinsam mit ihrem Freund Klaus Herrmann, Herrn Doktor Keller gestern in den Bergen kennengelernt hat. Wir sind sehr froh, Sie zu sehen. Es wird Ihren Freund sicher ebenfalls erfreuen, wenn er erfährt, dass Sie bei uns sind. Bitte setzen Sie sich doch.“

Meiser wies hinüber zu seiner etwas in die Jahre gekommenen Sitzgruppe. Gleich darauf gab er Haller die Hand und klopfte ihm auf die Schulter.

„Gut gemacht, Herr Haller. Haben Sie Lust und Zeit, unseren Freund Herrn Doktor Keller in Österreich abzuholen?“

Das anfängliche Lächeln Hallers verwandelte sich sofort wieder in einen geschäftsmäßig ernsten Gesichtsausdruck.

„Danke, Herr Meiser. Wann denn? Heute noch oder morgen?“

„Am liebsten wäre mir, Sie würden sofort losfahren. Packen Sie sich Wanderschuhe und wetterfeste, warme Sachen ein. Vielleicht auch einen Schlafsack und für alle Fälle eine Waffe. Ich informiere Sie, wenn Sie unterwegs sind, wohin genau die Reise geht. Am besten, Sie fahren erst einmal in Richtung Oberwiesler Alm.“

„Alles klar. Frau Doktor Mercier, ich muss mich leider gleich wieder verabschieden. Ich wünsche Ihnen alles Gute und hoffe, ich kann Ihnen morgen Ihren Freund wohlbehalten nach Hause bringen.“

„Ja, das wäre wunderbar. Vielen Dank noch mal, Herr Haller, und hoffentlich bis bald."

Haller eilte aus dem Zimmer und die verbliebenen Anwesenden setzten sich.

Zuerst erzählte Stefanie Meiser von ihren gemeinsamen Erlebnissen mit Keller, dann berichteten Volker und Stefanie Meiser zusammen von ihren bisherigen Bemühungen. Nadine Mercier saß in einem Sessel den beiden gegenüber, die auf dem Sofa Platz genommen hatten. Sie war etwas blass und wirkte erschöpft, aber geistig anwesend.

„Nun, heute Abend um halb acht sind wir mit Professor Faulbacher in Karlsruhe verabredet. Er möchte uns dann erklären, was das alles bedeutet und welchen Umständen ihr Partner es zu verdanken hat, dass er jetzt verfolgt wird. Er hat bereits am Telefon gesagt, dass nach seiner Ansicht Keller Opfer ‚einer krummen Geschichte' sei. Vielleicht wäre es für uns alle hilfreich, wenn Sie uns begleiten würden?"

„Gerne, nun bleibt mir ja ohnehin nichts anderes mehr übrig, nicht wahr? Es wäre wohl nicht ratsam für mich, nach Hause zu gehen."

Nadine Mercier hatte die ganze Zeit aufmerksam zugehört und war sich des Ernstes der Lage inzwischen voll bewusst.

„Vielleicht kann ich ja auch noch etwas zur Klärung beitragen."

„Sehr gut, dann fahren wir am besten gleich los."

Sie standen auf und traten hinaus ins Vorzimmer. Volker Meiser besprach sich noch kurz mit seiner Sekretärin.

„Es wird bestimmt alles in Ordnung kommen, Frau Doktor Mercier, glauben Sie mir", versuchte Stefanie Meiser sie aufzumuntern.

„Sie können ruhig Nadine zu mir sagen. Ich finde es sehr couragiert von Ihnen allen, dass Sie Martin so helfen. Glauben Sie, dass diese Männer ihm etwas antun würden?"

„Nein, eigentlich nicht. Aber man weiß es natürlich nie genau."

Stefanie Meiser schaute Nadine Mercier in die Augen. So oder so ähnlich hatte ihr Vater auf die gleiche Frage geantwortet. Sie lächelten sich verlegen an.

„So, wir können. Darf ich Sie bitten, mir zu folgen, Frau Doktor Mercier?"

Volker Meiser öffnete die alte, massive Tür der Kanzlei, an der ein gewaltiger Türschließer angebracht war. Sie gingen hinaus und die Tür schloss sich krachend hinter ihnen.

24

Steger und Rössle sahen, wie Martin Keller oberhalb des Überhangs verschwand. Zunächst hatte es so ausgesehen, als würden sie Brugger und Keller noch einholen können.

„Vielleicht is die Tour gar nit so schwer, so wie der Josef da naufspringt“, hatte Steger erst vermutet. Aber nachdem er den Gebietsführer aus seinem Rucksack gekramt hatte, schüttelte er den Kopf.

„Na, Walter, i glaub, da kämmen mir zwoa net aui. Des is a glatter Sechser und a eher selten gemachte Tour. Des wär wohl a bisserl hart für di.“

Rössle blickte Steger erschöpft an. Sie standen am Einstieg der Klettertour, die von Weitem noch weniger steil ausgesehen hatte. Gleich war es sieben, und sie waren vor gut fünfeinhalb Stunden von ihrem Auto aus losgelaufen.

„Kommt man um den Berg auch irgendwie außen herum?“

„Ja sicher, man kann den Mönchskogel umgehen, des is halt recht weit. Da muss mer über zwoa Scharten, und dann kommt man zur Oberwiesler Alm, und na ja, den Rescht kennscht ja scho.“

„Wie lange braucht man bis zur Alm?“

„Na, so vielleicht fünf Stund. Hinüber zum Auto vom Keller sind’s nomal zweieinhalb, und so, wie mir drauf sind, könnt’s au no länger dauern.“

„Und wenn wir absteigen?“

„Dann sind mer vielleicht schneller, aber die können uns sehen von da drobe, die gehen dann einfach woanders runter oder zruck zum Auto vom Josef. Dann kriegen mer sie nie.“

„Und was schlägst du vor?“

„I würd weitersteigen. Mir können ja langsam tun. Vom Mönchskogel, auf den die zwoa da klettern, geht man normalerweise zur Alm hinunter, des ist der mit Abstand einfachste Weg. Des Wetter soll ja schlechter werden, dann müssen’s da auf jeden Fall herunter. I nehm an, dass sie irgendwo biwakieren werden. Dann könnten mir's vielleicht no schaffen."

Rössle überlegte. Vielleicht sollte er noch mal mit Kranek und Mertens telefonieren. Er holte sein Mobiltelefon aus der Tasche. Ein Blick auf das Display zeigte ihm, dass er keinen Empfang hatte.

„Auf der Scharte hat's bestimmt Empfang", bemerkte Steger und zeigte das Tal empor. Das letzte Stück hinauf in den Übergang bestand nur aus steilen, schneedurchsetzten Schutthalden.

„Wie sieht's denn da auf der anderen Seite aus?", wollte Rössle wissen.

„Genauso steil, nur wahrscheinlich a bisserl mehr Schnee. Vielleicht können mir hinunterrutschen, is nordseitig", antwortete Steger.

„Na gut. Es bleibt uns ja wohl doch nichts anderes übrig. Aber ein paar Stunden schlafen werden wir ja wohl auch müssen, oder?"

„Na, sicher, des mach mer scho. Mir gehen so weit, bis mer den Abstieg vom Mönchskogel einsehen können. Und doba kannscht erscht mal telefonieren."

Steger amüsierte es ein wenig, dass Rössle ihn quasi um ein paar Stunden Schlaf bat, nachdem er ihm während der letzten Nacht den Schlaf geraubt hatte. Heute fühlte er sich trotzdem gut. Er war doch fitter, als er am Morgen noch gedacht hatte. Aber vielleicht lag es auch nur daran, dass er nichts getrunken hatte.

Eineinhalb Stunden später standen sie in der Scharte. Ein schneidender Wind empfing sie. Rössle war fix und fertig. Der Aufstieg in die Scharte war gerade für ihn eine furchtbare Schinderei gewesen. In dem schneedurchsetzten Geröll war er bei jedem zweiten Schritt einen zurückgerutscht. Er stellte seinen Rucksack ab und lehnte sich mit dem Rücken daran. Man konnte die Wand nicht mehr einsehen und so war nicht klar, wie hoch Brugger und Keller schon geklettert waren. Doch ihre Seilkommandos hörte man noch ab und an durch das Tal schallen. Sie kletterten also weiter, so viel war klar. Abgeseilt waren sie nicht, dann hätte man sie gesehen, denn Steger und Rössle konnten von der Scharte aus das ganze Tal überblicken.

„Meinst du, sie sind schon oben?"

„Na, des glaub i net. Dafür klettert der Keller zu langsam. Glaub mir, der isch au fertig, wahrscheinlich kaputter wie mir."

„Du meinst wohl kaputter als ich", bemerkte Rössle resignierend. Dabei schaute er auf sein Mobiltelefon. Er hatte Empfang, endlich.

Er hörte seine Sprachbox ab. Die erste Nachricht war von Mertens. Er hatte Nadine Mercier verloren. Sie war kurz nach siebzehn Uhr an einer Tankstelle am Ortsrand von Böblingen verschwunden, ihr Auto hatte sie dort abgestellt.

Die zweite Nachricht war von Kranek. Er wollte wissen, wo sie gerade waren und, falls sie Keller noch nicht eingeholt haben sollten, in welche Richtung er sich bewegte. Er bat um sofortigen Rückruf.

„Kranek!"

„Rössle hier. Ich muss Ihnen eine neue Entwicklung mitteilen. Kellers Freundin ist uns leider entwischt. Mein Kollege Mertens hat sie heute Nachmittag bei Böblingen an einer Tankstelle verloren. Ihr Auto steht noch dort."

„Na großartig. Dann hat sie ja offenbar Wind von der Sache bekommen."

„Das glaube ich auch. Ich sehe jetzt kaum noch Chancen, sich mit Keller einigen zu können."

„Wo ist er denn? Verfolgen Sie ihn noch oder ist er auch schon verschwunden?"

„Brugger und Keller klettern gerade über eine ziemlich schwere Route auf den Mönchskogel. Das ist ein Dreitausender nördlich von der Oberwiesler Alm, die ja, wie Sie wissen, Brugger gehört. Im Tal westlich davon, also auf der anderen Seite des Berges, steht Kellers Auto, ich nehme mal an, da wollen sie hin. Unsere Chancen, sie noch einzuholen, sind nicht sehr groß. Allerdings glauben wir, dass Keller ziemlich fertig sein muss und auch ein paar Stunden Schlaf braucht. Dann könnte es noch klappen, zumindest nach Auffassung meines Bergführers."

„Wann werden die beiden denn frühestens am Auto sein?"

„In vielleicht sechs oder sieben Stunden, aber nur, wenn sie nicht schlafen."

„Hm, ich weiß nicht. Ich glaube, es hat keinen Sinn mehr, dem Kerl noch hinterherzulaufen, um das in Güte zu klären. Da kann man halt nichts machen. Es ist schade, aber es ist dann eben so, wie es ist. Ich werde das akzeptieren müssen."

„Wie Sie meinen. Soll ich meinen Mitarbeiter anweisen, nicht mehr nach Frau Mercier zu suchen?"

„Nein, er soll ruhig noch etwas dranbleiben. Vielleicht trifft sie sich ja mit Keller und es gibt doch noch die Möglichkeit einer gütlichen Einigung. Aber Sie können jetzt nach Hause fahren. Ich danke Ihnen."

„In Ordnung, Herr Kranek. Ich melde mich bei Ihnen, wenn ich zurück bin."

„Tun Sie das."

Rössle steckte sein Telefon ein.

„Wir sollen absteigen. Mein Auftraggeber ist an einer weiteren Verfolgung nicht mehr interessiert."

„Na also, des is doch mal a gute Nachricht!"

Steger strahlte. Die Sache schien ja doch noch ein glimpfliches Ende zu nehmen. Zumindest für ihn. Über das Wort „Auftraggeber" wunderte er sich nicht.

„Dann essen mir jetzt no was Gescheits, und dann schaun mer, dass mer nunterkämma."

„Ich weiß nicht", sagte Rössle grübelnd. Er blickte Steger mit einem zweifelnden Gesichtsausdruck an.

„Was?", fragte Steger erschrocken.

„Wir sollen die Freundin weiter suchen, aber warum sollen wir den Keller jetzt in Ruhe lassen? Er hat uns die letzten Tage immer weiter hinterhergeschickt, und jetzt will er plötzlich nicht mehr."

„Na und? Vielleicht is ja irgendwas passiert, was mir net wissen und weshalb jetzt alles anders is."

„Ja, das befürchte ich auch. Aber ob das etwas Gutes oder eher etwas Schlechtes bedeutet, da bin ich mir nicht so sicher. Du musst wissen, ich bin eigentlich kein Polizist mehr, sondern Privatdetektiv."

„Was?", schrie Steger und fuhr herum. „Na, sauber. Des fehlt no." Er schüttelte den Kopf und fing an, wütend hin und her zu laufen. „Also ehrlich, warum hast des net gsagt? Also i find des net in Ordnung. Aber woaßt wos? Des is mer jetzt au egal, i bin jetzt erscht a mal froh, dass des rum is. Wie du allerdings die Sach mit dem aufgebrochenen Auto in Ordnung bringscht, des is dei Problem!"

Steger war geladen. Nach einer Pause fragte er: „Wie meinscht des, das des was Schlechtes bedeuten könnte?"

„Entschuldige, Hias, ich wollte dich nicht ausnutzen. Es war halt einfacher für mich als Polizist. Weißt du, es könnte sein, dass der Herr, der mir den Auftrag erteilt hat, sich mit dem Keller gar nicht mehr einigen will, sondern … den loswerden möchte. Er wollte von mir wissen, wo der Keller hin will und wann er dort voraussichtlich ankommt. Als er es wusste, hat er uns nach Hause geschickt. Aber wahrscheinlich bilde ich mir das nur ein."

„Du meinst ..." Steger schluckte und riss die Augen auf. Er hatte den Eindruck, dass Rössle zum ersten Mal ehrlich zu ihm war. „Du meinst, der schickt da noch jemand los, aber einen, der den Keller …?" Er wischte sich mit den Fingerspitzen über den Hals.

„Ja, das scheint mir möglich. Ich habe einfach ein ungutes Gefühl. Ich dürfte so was natürlich nicht zulassen, weder als Polizist noch als Privatdetektiv."

„Mein Gott! Und der Josef? Der wär doch a Zeuge, der is doch dann auch in Gefahr?“

„Sicher …“ Rössle nickte und blickte Steger mit ehrlicher Betroffenheit an. „Verzeih mir bitte. Ich glaube eigentlich nicht, dass das möglich ist. Aber man weiß halt nie. Es ist so eine Ahnung. Vielleicht nur, weil sich der Mann am Telefon anders angehört hat als vorher, ich weiß es nicht. Deshalb würde ich sie vielleicht doch noch ganz gerne einholen.“

„Und wenn mer die Polizei anrufen?“

„Dann bekomm ich saumäßige Schwierigkeiten und der Brugger vielleicht auch. Ich hoffe ja, dass ich mich irre.“

Steger fing an, seinen Rucksack einzupacken. Wenn Rössle Schwierigkeiten bekäme, würde er möglicherweise kein Geld erhalten. Aber eigentlich wäre ihm das inzwischen egal. Doch den Josef noch zusätzlich in Schwierigkeiten bringen, das wollte er keinesfalls.

„Gut, dann iss no was und gib mir was von deinen Sachen ab, damit mir schneller san.“

Steger ärgerte sich immer noch, von Rössle so benutzt worden zu sein. Am Ende müsste sein alter Freund Josef noch die Zeche zahlen. Wie hatte er ihm das nur antun können? Und warum hatte er sich nur darauf eingelassen? Steger drängte zum Aufbruch.

Wenige Minuten später liefen sie weiter. Es war kurz nach neun und dämmerte schon. Sie hatten eine lange Nacht vor sich.

25

Volker Meiser hielt gern an bewährten Dingen fest und war als Familienvater gewohnt, mit dem Geld zu haushalten. Das Silbermetallic der Limousine war auch heute noch modern, sodass der Wagen nicht so alt wirkte, wie er tatsächlich war, nämlich knapp einundzwanzig Jahre. Kurz nachdem sie losgefahren waren, befanden sie sich schon auf der Autobahn Richtung Karlsruhe. Als sie das Autobahnkreuz Leonberg passiert hatten, fragte Volker Meiser Nadine Mercier etwas, das ihn schon länger beschäftigte:

„Frau Mercier, was könnte Ihrer Ansicht nach der Grund für Martins Probleme sein? Hat er Ihnen gegenüber Andeutungen gemacht oder haben Sie darüber gesprochen?"

„Nun, ich glaube schon, dass es mit der Zulassungsstudie von CC-784 zusammenhängt. Ich hatte selbst damit zu tun. Es geht wohl möglicherweise um Nebenwirkungen. Es gab da Komplikationen, sogenannte transitorische ischämische Attacken und Schlaganfälle. Aber die waren nach dem Urteil meines Chefs, Professor Strattmann, Folge der Grunderkrankungen. Wir behandeln Hirntumorpatienten und erproben neue Medikamente für die Chemotherapie."

„Was sind denn transitorische ischämische Attacken?", wollte Stefanie Meiser wissen.

„Transitorische ischämische Attacken sind sozusagen reversible kleine Schlaganfälle, die weniger als vierundzwanzig Stunden dauern. Sie weisen im Grunde die gleichen Symptome auf, nur dass diese sich innerhalb eines Tages wieder zurückbilden."

„Und welche Symptome sind das?"

„Nun, das hängt davon ab, welches Hirnareal betroffen ist. Es können Lähmungen auftreten, auch Sprach- und Sehstörungen oder Störungen des Gleichgewichts. Auch Störungen der Wahrnehmung bis hin zu Störungen des Bewusstseins kommen vor."

„Haben Sie selbst auch solche Fälle bei Ihren Patienten erlebt?“ Volker Meiser war hellhörig geworden.

„Ja, ich habe Martin aufgrund einer solchen Komplikation kennengelernt. Ich habe ihn als Stufenplanbeauftragten zu Rate gezogen, als ich allein war. Professor Strattmann war damals im Ausland und ich konnte ihn nicht erreichen.“

„War denn das Leben des Patienten in Gefahr?“

„Bei solchen Vorkommnissen besteht immer eine Gefahr. Es hätte ja auch ein richtiger Schlaganfall sein können. Aber der Patient hat die Attacke erst einmal überlebt.“

„Wieso erst einmal?“

„Nun, ich weiß nicht, was weiter mit ihm passiert ist. Rund fünfzehn Prozent der Patienten, die an einer transitorischen ischämischen Attacke erkranken, erleiden innerhalb der nächsten drei Monate einen richtigen Schlaganfall.“

„War der Name des Patienten Ernst Breitwieser?“, fragte Volker Meiser.

„Ja, woher wissen Sie ...?“

„Es steht in den Unterlagen Ihres Freundes. Ich denke, wir werden heute Abend ein aufschlussreiches Gespräch mit Professor Faulbacher führen.“

Als sie Pforzheim passierten, war Nadine Mercier eingenickt. Sie hatte wohl in den letzten Tagen nicht allzu viel geschlafen, was für alle höchst verständlich war. Der zuvor makellose blaue Himmel war inzwischen von hohen Schleierwolken überzogen, der Verkehr zähflüssig, aber es gab keine Stauungen, sodass Volker Meiser um fünf vor halb acht sein bewährtes Stück deutscher Wertarbeit nur zwanzig Meter vom Eingang der Pizzeria „Sardegna“ entfernt abstellen konnte. Stefanie Meiser hatte ihn mit Hilfe einer ausgedruckten Anfahrtsbeschreibung zum Ziel gelotst. Vater Meiser und seine Tochter hatten dabei ein perfektes Team gebildet, dessen überwiegend harmonische Zusammenarbeit dazu geführt hatte, dass man sich nur zweimal verfahren hatte.

Als sie eintraten, saßen Klaus Herrmann und Prof. Faulbacher bereits an einem Tisch in einer Nische rechts des Eingangs und winkten ihnen zu. Es war eine dieser typischen italienischen Pizzerien, mit korbumflochtenen Chianti-Flaschen, allerlei grün-weiß-rot bemalter Keramik und ähnlichem Nippes, den üblichen Mannschaftsbildern lokaler Fußballvereine inklusive Autogrammkarten von überwiegend nicht mehr aktiven KSC-Spielern aus glorreichen und weniger glorreichen Zeiten. Faulbacher saß am hinteren Ende eines für sechs Personen gedeckten Tisches, über ihm hing eine alte Seefahrerkarte Sardiniens an der Wand. Der Tresen wurde an seinem linken Ende von einem grün leuchtenden Aquarium geziert. Dieses Lokal war wohl seit Anfang der siebziger Jahre nur behutsam modernisiert worden. Oder, besser gesagt, hier schien die Zeit stehen geblieben zu sein. Und genau das machte es so sympathisch.

Nachdem sie sich vorgestellt hatten und alle saßen, ergriff Professor Faulbacher das Wort.

„Ich möchte Sie nicht lange auf die Folter spannen, ich habe die Unterlagen, die Sie mir überlassen haben, gründlich studiert, so weit es die Zeit zuließ. Und ich bin zu einem eindeutigen Ergebnis gekommen. Wissen Sie, was transitorische ischämische Attacken sind?“

„Ja, wir hatten das Thema schon auf der Herfahrt“, antwortete Volker Meiser.

„Gut. Diese transitorischen ischämischen Attacken werden im Allgemeinen als TIA abgekürzt. Wenn Sie nichts dagegen haben, werde ich das im Folgenden auch tun.“

Der Rest der Runde nickte zustimmend. In diesem Augenblick kam der Kellner, reichte die Speisekarten und nahm Getränkebestellungen auf. Als er sich entfernte, fuhr Faulbacher fort.

„Nun, kurz gesagt, es sieht alles danach aus, als hätte das Medikament dieser onkologischen Zulassungsstudie vor allem eine starke Nebenwirkung gehabt. Es löste wohl TIA und Schlaganfälle aus. Heute ist man übrigens ohnehin der Meinung, dass TIA im Grunde auch Schlaganfälle sind. Sie dauern nur kürzer und ihre Folgen sind meist weniger dramatisch. Wie auch immer, normalerweise sollen solche Medikamente die verbleibende Lebenszeit des Patienten verlängern. Der gleiche Gedanke liegt auch diesem Medikament der Firma Europharma zugrunde. Es soll vor allem beim sogenannten Glioblastoma multiforme wirken. Hier handelt es sich um einen besonders heimtückischen Hirntumor, der bislang praktisch unheilbar ist, es geht eigentlich nur darum, ihn noch etwas aufzuhalten. In der Therapie dieser Tumore werden meist mehrere Maßnahmen kombiniert, zum Beispiel Radiotherapie, also Bestrahlung mit Ionen oder Photonen, und Chemotherapie."

Volker Meiser lauschte aufmerksam und ließ dabei unbewusst seine Augen durch das Lokal und zur Decke wandern, die mit alten Fischernetzen verziert war. In diesen hingen etwas mitgenommene Meeresbewohner aus Kunststoff, an denen offensichtlich der Zahn der Zeit nicht spurlos vorübergegangen war. Insbesondere der ehemals allgegenwärtige Zigarettenqualm schien sie nachhaltig verfärbt zu haben. Seinen Appetit nahmen ihm aber eher die Ausführungen des Professor Faulbacher.

„Bei dieser Studie sind aber einige Patienten deutlich früher verstorben als eigentlich zu erwarten wäre. Die durchschnittliche Überlebensdauer der Patienten liegt bei 20- bis 35-Jährigen bei etwa drei Jahren, während sie bei Patienten zwischen 35 und 50 Jahren auf rund zwei Jahre sinkt. Für Ältere sieht es dann noch schlechter aus. Die meisten Fälle treten zwischen dem fünfzigsten und dem siebzigsten Lebensjahr auf. Die normale Überlebensdauer dieser Patienten liegt bei rund vierzehn Monaten. Viele der in dieser Studie behandelten Patienten, nämlich fast fünf Prozent, starben jedoch deutlich früher an den Folgen eines Schlaganfalls. Die Studie lief ja schon fast zwei Jahre.

Der Verdacht keimte bei Doktor Keller erstmals auf, als er den Patienten Ernst Breitwieser vor sich sah. Dass er den Namen überhaupt erfuhr, war dem Umstand zu verdanken, dass er Herrn Breitwieser persönlich in Augenschein nahm. Normalerweise werden alle Patienten anonymisiert und die auswertende Pharmafirma erhält nur eine Nummer. Dieses Vorgehen ist durch eine europäische Richtlinie vorgeschrieben."

„Und wer weiß, welche Patienten zu welchen Nummern gehören?", fragte Volker Meiser.

„Nun, das weiß natürlich der behandelnde Prüfarzt, der das Mittel verabreicht."

„Und wie kommt dieser Prüfarzt an so eine Studie? Was verdient er denn dabei?"

„In der Regel werden die Ärzte von den Firmen angesprochen, entsprechend ihrer Reputation und auch der damit verbundenen Menge an Patienten."

„Und wie werden sie bezahlt?"

„Pro Patient. Je mehr Patienten sie also in die Studie einbeziehen, desto einträglicher für sie. Dass sich so etwas lohnen kann, sieht man daran, dass es Kliniken gibt, die sich auf Zulassungsstudien spezialisiert haben und gut davon leben können."

„Wie kann es denn sein, dass ein Medikament gegen einen Krebstumor Schlaganfälle auslöst?", fragte Volker Meiser.

„Nun, das ist natürlich die Gretchenfrage. Ich möchte mal folgendermaßen versuchen, Ihre Frage zu beantworten. Ein Medikament wird meist dergestalt entwickelt, dass man sich einen für die Tumorzellen wichtigen Stoff als Ziel aussucht. In der pharmakologischen Forschung wird dieses Ziel auch als Target bezeichnet. Bei onkologischen Medikamenten sind dies oft ganz bestimmte Eiweiße, die durch das Mittel beeinflusst werden. Sie können dann beispielsweise nicht mehr synthetisiert werden oder werden blockiert. Manchmal werden diese oder ähnliche, ebenfalls von diesem Medikament betroffene Eiweiße auch für andere Körperzellen benötigt. Wenn es sich dabei um Zellen in Blutplättchen oder Blutgefäßen handelt, kann es zu blutverdünnenden oder auch blutverdickenden Effekten kommen, die dann zum Schlaganfall führen."

„Gibt es denn schon Medikamente, die bei dieser Art der Erkrankung wirksam helfen?", fragte Volker Meiser.

„Ja, es existieren eine Reihe von Medikamenten, die die Überlebensdauer bis zu zwei Jahre verlängern können, je nach Alter und Konstitution des Patienten sowie Beginn der Behandlung."

„Länger nicht? Das ist natürlich bitter. Gibt es da auch solche Nebenwirkungen?"

„Nein, nach meinem Kenntnisstand nicht. Diese Medikamente haben teilweise zwar ebenfalls sehr unangenehme Nebenwirkungen, diese sind aber nicht annähernd so gravierend. Sie verfolgten aber auch alle einen anderen Ansatz."

„Ein anderes Target?", warf Klaus ein.

„Genau. Meiner Ansicht nach ist es hier zu einer Blutverdickung gekommen, also zu Blutgerinnseln, die in ganz verschiedenen Bereichen des Gehirns auftraten. Welche Symptome wies Herr Breitwieser bei seiner TIA auf, Frau Mercier?"

„Er hatte vor allem massive Sprachstörungen."

„Genau das löste offenbar das Interesse Kellers aus, als er sich die Akte des Patienten ansah. So war er bestens informiert, als er später dann den Bericht Professor Strattmanns bekam, vor allem jenen zum späteren, leider letalen Schlaganfall des Patienten, dessen Nummer ihm übermittelt wurde. Kurz gesagt: Für Professor Strattmann waren sowohl die TIA als auch der Schlaganfall eine indikationsbedingte, also der Erkrankung zuzuschreibende Komplikation. Und das wunderte Martin Keller."

„Warum?", fragte Stefanie Meiser.

„Weil sowohl die TIA als auch der Schlaganfall ein völlig anderes Hirnareal betrafen als die primäre Erkrankung, also der Hirntumor. Er fragte sich also, ob es nicht logischer wäre, wenn eine solche Minderdurchblutung, um die es sich offensichtlich in diesem Fall handelte, in der Nähe des Tumors auftreten würde. Aber es gab noch einen anderen Grund. Hat er Sie noch mal gefragt, wie es Ernst Breitwieser geht?"

„Ja, das hat er. Ich konnte es ihm nicht mehr sagen, denn Herr Breitwieser hatte unser Krankenhaus drei Wochen nach der TIA verlassen."

„Da sind Sie sich sicher?"

„Da bin ich mir absolut sicher. Er hat sich auch nach dem Namen des anderen, leider verstorbenen Patienten erkundigt. Der hieß ... Rainer Fornoff, genau. Ich hatte allerdings zu diesem Zeitpunkt nicht mehr so viel mit dieser Studie zu tun und musste eine unserer Studienassistentinnen fragen. Ich habe dann auch mal kurz einen Blick in die Akte geworfen. Der Mann hatte vorher ebenfalls eine TIA."

„Ist Ihnen sonst noch etwas aufgefallen?"

„Nein."

Faulbacher schob ihr zwei Ausdrucke über den Tisch.

„Dann schauen Sie sich das bitte mal an. Das eine sind die Notizen, die Keller sich zu Ernst Breitwieser gemacht hat, und das andere ist der Bericht zum letalen Schlaganfall des Patienten Rainer Fornoff. Fällt Ihnen etwas auf?"

Nadine Mercier überflog beide Dokumente, schüttelte aber den Kopf.

„Nein, nicht direkt. Was meinen sie?"

„Schauen Sie mal ganz oben!", forderte Faulbacher sie auf.

„Da stehen doch nur die ..."

„Die Patientennummern, genau!", vollendete Faulbacher ihren Satz.

Nadine Mercier konnte es nicht glauben. Sie schaute ungläubig mehrmals hin und her. Es war, als hätte ihr jemand den Boden unter den Füßen weggezogen. Deshalb hatte Professor Strattmann sie in die andere Studie „befördert". Es war dieselbe Nummer.

„Das kann doch nicht wahr sein!“, brachte sie nur noch heraus.

„Strattmann hat die Patienten ausgetauscht. Er hat einem neuen Patienten die Nummer Breitwiesers gegeben und gehofft, dadurch einen Risikopatienten in der Studie weniger zu haben. Nur leider ist dann der neue Patient an einem Schlaganfall verstorben. Damit hatte er nicht gerechnet. Keller fiel die Übereinstimmung der Nummern auf. Von Ihnen, Frau Mercier, erfuhr er, dass es zwei verschiedene Personen waren. Denn der Bericht Strattmanns wies schon seltsame Abweichungen zu seinen Notizen bezüglich Ernst Breitwieser auf, aber auch eindeutige Übereinstimmungen. Deshalb fragte er Sie. Vielleicht dachte er am Anfang noch, es sei irgendein Versehen, andererseits hegte er ja zu diesem Zeitpunkt schon grundsätzliche Zweifel an dem Medikament. Also begann er alle Berichte, die er bekommen hatte, nach ähnlichen Vorfällen zu durchforsten.“

„Und wurde fündig?“ Nadine Mercier ahnte ganz offensichtlich, wie die Antwort lauten würde.

Volker Meiser entnahm ihrer Frage nun endgültig, dass Martin Keller sie in keinen seiner Zweifel eingeweiht hatte. Offenbar hatte er sie aus allem heraushalten wollen, nachdem sie anfangs mit der Studie zu tun hatte.

„Ja, wurde er, und leider nicht nur einmal. Alle Fälle wurden als indikationsbedingt eingestuft, es waren mindestens vierzehn von insgesamt rund dreihundert Patienten, die bislang an der Studie teilnahmen, also fast fünf Prozent. Sie betrafen fünf der insgesamt sechzehn teilnehmenden Prüfärzte.“

„Glauben Sie denn wirklich, dass alle fünf Prüfärzte wider besseres Wissen einen falschen Bericht geschrieben haben, um eine derart gravierende Nebenwirkung zu verschleiern? Das kann ich mir nicht vorstellen.“

Nadine Mercier wollte nicht glauben, was sie im Grunde schon wusste.

„Auch diese Frage muss ich leider bejahen, genau das glaube ich. Und Martin Keller konnte es auch schon fast beweisen."

„Welchen Grund sollten sie denn gehabt haben, ihre Berichte derart zu manipulieren?", hakte Mercier noch mal nach.

„Einen sehr verbreiteten: Geld. Sagt Ihnen die Forschungsstudie Neue LNAA-Transporter zur Überwindung der Blut-Hirn-Schranke etwas?"

„Nein."

„Das wundert mich einerseits, weil Ihr Chef nämlich daran beteiligt ist, und andererseits auch wieder nicht. Diese Studie der Firma Europharma existiert nämlich nach den Erkenntnissen Kellers nur auf dem Papier. Trotzdem ist auch Professor Strattmann schon für seine Teilnahme entlohnt worden. Die bislang teilnehmenden Prüfärzte sind übrigens genau die fünf, die nach Überzeugung Kellers wissentlich die teils tödlichen Nebenwirkungen des Medikaments der Erkrankung zuschrieben. Allen gemeinsam ist, dass sie nur wenige Tage oder Wochen nach den TIA oder Schlaganfällen ihrer Patienten zu der neuen Studie hinzugezogen wurden. Bald darauf erhielten sie die ersten Zahlungen."

Betretenes Schweigen machte sich breit. Genau in diesem Moment kam der Kellner, servierte die Getränke und nahm die Bestellungen auf.

Was der wohl denkt, wenn er die ernsten Mienen sieht, dachte Volker Meiser. Als sie wieder ungestört waren, fragte er Professor Faulbacher:

„Sie meinen also, die Firma Europharma hat die Prüfärzte gekauft, damit Martin Keller als Stufenplanbeauftragter nichts davon erfährt. Was ist daran so wichtig?"

„Martin Keller ist als Stufenplanbeauftragter für die Arzneimittelsicherheit zuständig. Er hätte die Fälle, wären sie korrekt berichtet worden, sofort an die Ethik-Kommission sowie an das Bundesinstitut für Arzneimittel und Medizinprodukte melden müssen. Das hätte er auch mit Sicherheit getan, denn er haftet in dieser Funktion persönlich, obwohl er Angestellter der jeweiligen Pharmafirma ist. Das wäre wohl das Ende dieses Medikaments gewesen. Es wäre nicht zugelassen worden. Aber er konnte es nicht so einfach melden, da er es, zumindest offiziell, nie erfahren hat."

„Was meinen Sie, wie viel die Entwicklung und Erprobung des Medikaments bislang gekostet hat?", fragte Stefanie Meiser.

„Das ist schwer zu sagen, aber sicher einen ein- bis zweistelligen Millionenbetrag. Ich hatte von diesem neuen Medikament gehört und es war bekannt, dass Europharma große Hoffnungen darauf setzte. Sehen Sie, es ist eine furchtbare Krankheit, die bis jetzt nur sehr unzureichend therapiert werden kann. Fortschritte auf diesem Gebiet hätten dem Medikament große Marktchancen eröffnet."

Faulbachers Miene zeigte ungekünsteltes Bedauern. Schließlich war er in erster Linie Pharmakologe und hätte sich sicher gefreut, wenn das Präparat ein Erfolg gewesen wäre.

„Wie konnte Professor Strattmann das nur tun?" Nadine Mercier blickte aus müden, enttäuschten Augen vor sich hin. In den letzten zehn Minuten hatten sich manche ihrer Ideale in Luft aufgelöst.

„Ich denke, die Sache fing klein an und ist ihm dann über den Kopf gewachsen. Freilich wird er sich dafür verantworten müssen. Viel schlimmer ist aber offenbar dieser Herr Kranek. Ich kann mir auch nicht vorstellen, dass es keine Mitwisser im Unternehmen gibt. Sie hatten den Überblick und wussten um die Schwächen von CC-784. Auch das zur Korruptionsverschleierung eingerichtete Forschungsprojekt muss ja von ganz oben genehmigt worden sein. Ich denke mal, das wird noch spannend werden."

Faulbacher sah Volker Meiser an. Meiser überlegte und wandte sich dann dem Rest der Runde zu.

„Nun, das Hauptproblem wird darin bestehen, ihm und den anderen nachzuweisen, dass sie um die inakzeptablen Nebenwirkungen wussten. Sie werden sicher schon alles versucht haben, um sich reinzuwaschen. Nicht, dass Keller am Ende doch die Zeche zahlen muss.“

„Das glaube ich nicht, nicht damit.“

Faulbacher zeigte auf den Ordner mit den ausgedruckten Dokumenten Kellers, den er neben sich liegen hatte.

„Ich habe mir erlaubt, Ihnen schon mal eine kurze Begutachtung der Sachlage auf der Basis von Kellers Materialien und Erkenntnissen zu schreiben. Die dürfen Sie gerne verwenden, auch bei der Polizei und vor Gericht natürlich. Ich habe sie Ihnen bereits per E-Mail zugesandt, Herr Herrmann, und für Herrn Meiser hier auf CD dabei. Bitte schön.“

Faulbacher schob die CD über den Tisch.

„Danke. Meinen Sie, Kranek und seine Helfer haben schon alle relevanten Dokumente verschwinden lassen?“

„Was ihr Umfeld betrifft, schon. Natürlich gibt es noch Studienergebnisse in den anderen Abteilungen. Zum Beispiel ist da ein Biometriker, der die ganze Statistik erstellt. Der kann aber auch nur verarbeiten, was er von den Prüfärzten erhält. Es wird schwierig, die Drahtzieher zu bekommen.“

„Eine Hausdurchsuchung wird wahrscheinlich wenig bringen, sie wird aber mit Sicherheit durchgeführt werden.“

„Und wenn man doch etwas finden würde, Volker?“ Klaus Herrmann schnellte aus seinem Sitz hoch.

„Wie meinst du das, Klaus?“

„Sage ich dir gleich. Einen Moment bitte, ich muss mal kurz telefonieren.“ Schon war Klaus mit seinem Mobiltelefon nach draußen verschwunden.

Als sie mit dem Essen fertig waren, diskutierten sie weiter. Um kurz nach neun verließen sie das Lokal. Faulbacher hatte ihnen nicht nur die Augen geöffnet, sondern auch die

Rechnung übernommen. Die Pizza hatte hervorragend geschmeckt, obwohl sie das nur am Rande wahrgenommen hatten. Allen war klar, dass sie nun zuerst mit Martin Keller sprechen mussten. Klaus Herrmann war sofort zurück nach Heidelberg gefahren.

Es gab nichts mehr zu besprechen und auf dem Rückweg nach Stuttgart herrschte eine gespannte Stille in Meisers Wagen. Der Himmel hatte sich inzwischen vollkommen bewölkt und kurz vor Pforzheim fielen die ersten Regentropfen. Der eintönig brummende alte Sechszylinder und das rhythmische Hin und Her der Scheibenwischer schläferten alle ein. Nadine Mercier schaute traurig aus dem Seitenfenster. Sie war in Gedanken versunken.

Faulbacher hatte sich sehr nett von ihr verabschiedet:

„Sie können nichts dafür, aber diese Sache wird ein Einschnitt in ihrer beruflichen Tätigkeit sein. Schauen Sie nach vorne. Ich wünsche Ihnen alles Gute. Sie werden sicher das Beste daraus machen. Es liegt eine große Chance darin. Und grüßen Sie Martin von mir. Sagen Sie ihm, dass er alles richtig gemacht hat."

Sie hatte Tränen in den Augen. Als sie frisch verliebt waren, hatte Martin von seinem Chef Kranek noch so positiv gesprochen. Aber schon bald darauf redete er kaum noch von ihm. Dieser Wandel war ihr aufgefallen, aber sie kannten sich erst seit Kurzem, und sie hatte dem keine tiefere Bedeutung beigemessen. Nun wusste sie, warum er sich verändert hatte.

Sie waren bereits kurz vor Stuttgart, als Stefanie Meisers Telefon klingelte.

26

Haller hatte erst eine Wanderkarte an der Tankstelle kaufen müssen, um den Beginn des Anrainerwegs zur Oberwiesler Alm zu finden, an dessen Ende Kellers Bus stand. Die Fahrt an sich war problemlos verlaufen. Nachdem er seine Wanderausrüstung, seinen Schlafsack und seine Waffe verstaut hatte, fuhr er über Ulm und Lindau Richtung Arlberg. Aber natürlich konnte das Navigationssystem nichts mit der Oberwiesler Alm anfangen. Nun war es zehn Uhr abends. Er war noch ein Stück den Anrainerweg hinaufgefahren, dann jedoch stehen geblieben, weil sein Mobiltelefon kaum noch Empfang hatte. Da oben hätte er wohl in einem Funkloch gesessen.

Haller wusste nicht mehr weiter. Meiser hatte sich bislang nicht gemeldet. Also packte er erst einmal seinen Schlafsack aus, klappte die Rückbank um und begann seine belegten Brote zu verspeisen. Es könnte eine kurze Nacht werden. Im Radio hörte er die österreichischen Nachrichten, die mit dem Wetterbericht endeten. Die Kaltfront sollte nun schon gegen Mitternacht in Tirol eintreffen. Er nahm einen Schluck aus der Wasserflasche, als sein Telefon klingelte.

„Haller!"

„Hallo, Herr Haller, Meiser hier. Ich habe Herrn Keller Ihre Nummer gegeben, er meldet sich bei Ihnen. Wo sind Sie?"

„Ich stehe an dem Weg zu Kellers Auto. Der Empfang wird hier immer schlechter, deshalb habe ich erst mal angehalten."

„Das ist in Ordnung so. Keller hat uns gerade berichtet, dass es an seinem Bus keinen Empfang gibt. Er sitzt kurz unterhalb des Gipfels des Mönchskogels. Das ist der große Berg links oberhalb, wenn Sie hinauffahren."

„Da oben? Ja, den habe ich schon gesehen. Das ist ja noch ein gutes Stück bis zu seinem Bus. Weiß er denn, dass es hier bald ungemütlich wird? Ich habe gerade den Wetterbericht gehört. Wenn ich es richtig verstanden habe, soll es nach Mitternacht bis auf zweitausend Meter herunter schneien."

„Oh, das kann gut sein. Bei uns regnet und gewittert es schon kräftig. Rufen Sie Keller ruhig an, ich glaube, er und Brugger wissen das noch nicht so genau. Gestern Abend hieß es ja auch bei uns noch, die Unwetter würden später kommen. Wie auch immer, einigen Sie sich mit den beiden, wann und wo sie abgeholt werden wollen. Sie haben ja die Nummer von Herrn Brugger."

Haller versuchte gleich darauf, Brugger und Keller zu erreichen, aber sie waren „zurzeit nicht erreichbar", wie ihm eine sympathische, aber gänzlich emotionslose Frauenstimme am Telefon verriet. Er entschied sich, ihnen eine Nachricht zu schreiben.

Hallo, Herr Dr. Keller, Meiser schickt mich, stehe auf dem Anrainerweg kurz vor Ihrem Bus. Ab Mitternacht Gewitter und Schnee bis 2000 m. Melden Sie sich bitte. Gruß, Haller

Hoffentlich geht das mal gut, dachte er. Er würde jetzt keinesfalls auf diesem Berg sein wollen. Ein Blick auf die Karte zeigte ihm, dass er sich auf rund sechzenhundert Meter Höhe befand. Vielleicht hätte er besser die Schneeketten eingepackt. Aber möglicherweise würde es ja auch nur halb so wild werden.

Schließlich legte er sich nach hinten auf die Ladefläche und schlüpfte in seinen alten Schlafsack, der ihm schon bei mancher Aktion gute Dienste geleistet hatte. Es gab nichts mehr, was er tun konnte, außer zu warten. Um dreiundzwanzig Uhr hörte er ein weiteres Mal die Nachrichten. Anschließend versuchte er nochmals vergeblich Brugger anzurufen, dann nickte er ein.

27

„Stefanie Meiser."

„Martin Keller hier, hallo!"

„Na endlich, schön, dass du anrufst. Ist alles in Ordnung?"

„Ja, wir haben sie abschütteln können und sitzen, du wirst es nicht glauben, wenige Meter unterhalb des Mönchskogels. Josef hat mich eine Klettertour hochgezogen, die der Rössle wohl niemals raufgekommen wäre. Jedenfalls haben wir die beiden schon seit Stunden nicht mehr gesehen."

Keller lachte erschöpft.

„Na also. Möchtest du Nadine sprechen?"

„Ja sicher, ist sie bei dir?"

„Ja. Wir fahren gerade von Karlsruhe nach Hause. Wir haben uns mit Professor Faulbacher getroffen. Er hat uns alles erklärt. Ich reiche dich weiter."

Stefanie Meiser gab Nadine, die auf der Rückbank saß und aufmerksam zugehört hatte, das Telefon.

„Martin?"

„Hallo, Nadine, wie geht es dir?"

„Mir geht es gut, aber du musst doch völlig kaputt sein, nicht?"

„Na ja, da hast du schon recht, aber bald muss ich ja nur noch bergab laufen. Den Weg kenne ich ja, ich war gestern schon mal hier. Was hat Faulbacher erzählt? Hat er sich alles angeschaut?"

„Ich soll dich von ihm grüßen und dir ausrichten, du hättest alles richtig gemacht. Er hat deine Unterlagen genau studiert, und er hat sogar schon einen Bericht geschrieben, der den Kranek und die beteiligten Prüfärzte belastet."

„Entschuldige, dass ich dir nicht alles erzählt habe, aber ich … ich war mir anfangs noch nicht sicher, und später wollte ich dich nicht mehr mit hineinziehen. Du warst ja nicht mehr an der Studie beteiligt, und ich fand einfach, das sei ganz gut so."

„Ich verstehe dich, keine Sorge, und ich danke dir dafür. Was werdet ihr jetzt weiter tun?“

„Wir sitzen in einer Höhle, kochen und ruhen uns ein bisschen aus. Vielleicht schlafen wir ein paar Stunden. Dann wollen wir über den Gipfel gehen und zu meinem Bus absteigen. Ich hätte da noch einen Hinweis für den Mann, den Herr Meiser uns geschickt hat, am besten wäre, ich hätte seine Telefonnummer.“

„Du meinst Herrn Haller. Der hat mich heute Nachmittag zu Herrn Meiser gebracht. Moment, Martin, ich gebe dich weiter. Pass auf dich auf! Bis bald.“

„Ja, bis bald.“

Keller hörte die Geräusche des fahrenden Autos im Hintergrund und dass Nadine sagte:

„Stefanie, er möchte gerne die Nummer von Herrn Haller haben.“

„Martin?“, vernahm er gleich darauf Stefanies Stimme. „Ich schick dir eine SMS mit der Nummer. Eure hat er schon.“

„Gut. Wir melden uns bei ihm, wir wissen noch nicht genau, wo wir absteigen, wahrscheinlich auf dem normalen Weg, aber sollten wir die beiden noch mal sehen, gehen wir woanders runter. Er soll weiter unten warten. An meinem Bus ist kein Empfang.“

Nachdem er die SMS erhalten hatte, kroch Keller wieder in die Höhle, an deren äußerem Rand er telefoniert hatte. Brugger hatte aus einem Rinnsal im Innern der Höhle etwas Wasser gesammelt und kochte bereits.

„Alles in Ordnung?“

„Ja, alles okay. Ich habe jetzt die Nummer von diesem Herrn Haller, er ist offenbar schon hier unten.“

Keller setzte sich auf seinen Rucksack. Er hatte sich eine Fleece-Jacke, eine Mütze und seinen Anorak übergezogen. Nochmals erinnerte er sich an Nadines vertraute Stimme. Sie war auf seiner Seite. Er hatte das Gefühl gehabt, sie riechen zu können, als er mit ihr gesprochen hatte. Wie herrlich sie roch. Aber wie würde ihr Wiedersehen sein? Er freute sich sehr darauf, sie zu umarmen und ihre Wärme zu spüren. Er schloss die Augen.

„Martin?“

Brugger stieß ihn an.

„Martin, magscht was essen?“

Keller war eingenickt und hatte Mühe, die Augen zu öffnen.

„Hast dich etwas ausgeruht? Des is guat so. Da sind a paar Nudeln. Komm, iss was, des brauchschst du.“

Brugger hielt ihm den kleinen Topf mit einer Gabel hin.

„Und du?“

„I hab scho, auf geht's!“

Keller nahm den Topf und begann zu essen. Beim Schlucken schmerzte ihm der Hals, er war schon wieder völlig dehydriert. Brugger reichte ihm eine Flasche, in der er eine Mineraltablette aufgelöst hatte.

Nachdem Keller gegessen hatte, krochen sie in die Leichtschlafsäcke und den Biwaksack. Bald darauf schlief er ein.

Es war schon dunkel an diesem nebligen Dezemberabend. Antje hatte erst seit einem halben Jahr den Führerschein. Er schaute aus dem Beifahrerfenster und sie unterhielten sich. Glücklich und voller Vorfreude auf die Geburtstagsparty fuhren sie auf der Landstraße. Sie hatte sich ihm zugewandt und sagte irgendetwas Belangloses. Es ging wohl um einen Mitschüler, der es geschafft hatte, in einer Physikklausur von seinem ebenfalls unzureichend vorbereiteten Sitznachbarn derart unglücklich abzuschreiben, dass er am Ende noch zwei Punkte schlechter abschnitt.

„Ist doch egal“, hatte Antje grinsend gesagt, „ob er nun zwei oder vier Punkte hat.“

Sie lachten zusammen. Wie schön sie war.

Einen Moment später, als beide den Kopf wieder nach vorne drehten, sahen sie erst zwei kleine rote Lämpchen im Nebel auf sich zurasen und gleich darauf den dazugehörigen Lastwagen, der am Straßenrand parkte.

„Antje…!“, schrie er, dann der donnernde Knall, ohrenbetäubend. Danach gespenstische Stille und schließlich, erst ganz leise, dann lauter und durchdringend, ihr Stöhnen, ein Schmerz, der ganz tief aus ihr heraus drang. Das zu hören war ihm fast unerträglich, schlimmer als die Sorge um seinen eigenen Körper. Er wollte helfen, aber was sollte er tun? Er war so hilflos, am liebsten würde er sich die Ohren zuhalten, entfliehen, ganz woanders sein, weit weg…

„Martin! Martin! Wach auf!“

„Was ist?“

Keller schälte sich aus seinem Schlafsack, dann hörte er den Donner in der Ferne. Brugger war schon aufgestanden und leuchtete ihn mit seiner Stirnlampe an. Er hatte bereits alles gepackt.

„Da kimmt a Wetter. I hab a Nachricht vom Haller kriagt. Die hat der schon vor fast zwei Stunden geschickt, aber mir ham's net bekommen, weil mir in der Höhle gehockt san. Er hat geschrieben, die Kaltfront ist bald da, mir müssen über den Gipfel drüber und runter. Schnell! Des soll bis runter schneien!“

„Wie spät ist es denn?“

Keller fühlte sich vollkommen gerädert. Er war noch müder als vorher.

„Kurz vor zwölf. Auf geht's.“

Keller stopfte den Schlafsack zurück in den Rucksack und zog die Kletterschuhe wieder an. Er fror. Sein Kreislauf rebellierte gegen die unerwünschte Schlafunterbrechung. Gleich darauf war Brugger schon auf dem Weg nach oben. Keller stand am Höhleneingang und beobachtete den Lichtschein Bruggers, der sich durch die Nacht aufwärts bewegte.

Ein leichter Wind kam auf.

„Nachkommen!“, schrie Brugger kurze Zeit später.

„Ich komme!“

Keller, der ebenfalls seine Stirnlampe trug, kletterte erst etwas unbeholfen, dann deutlich runder Brugger hinterher. Er hörte das Grollen und sah das Wetterleuchten in der Ferne, wobei er nicht ganz nach Westen schauen konnte, da der Berg noch die Sicht versperrte.

„I kletter scho weiter, nach der Seillänge können mir gleichzeitig gehen“, meinte Brugger, als er ihn erreicht hatte.

Kellers anfangs klamme Finger waren inzwischen warm. Er hatte sich beeilt, denn er wusste, dass es keine Zeit zu verlieren gab.

Die nächste Seillänge führte erst über eine Rampe und dann auf einen Pfeiler, der sich langsam in einem leichteren Grat verlor. Als Keller schließlich auf dem Grat ankam, blies ihm ein eisiger Wind entgegen. Er konnte kaum sprechen.

„Mir gehen jetzt gemeinsam weiter, is nimmer schwer!“, schrie Brugger ihn an.

Es waren vielleicht noch hundert Meter bis zum Gipfel. Je höher sie kamen, desto freier wurde ihr Blick nach Westen, bis sie die ganze Schlechtwetterfront sehen konnten. Es war ein bedrohlicher Anblick, doch gleichzeitig von unwirklicher Schönheit. Auf der ganzen Breite wurden die riesigen Wolken immer wieder von innen heraus von hellen Blitzen erleuchtet. Die ersten Tropfen fielen bereits und ihnen war bewusst, dass hier gleich die Hölle losbrechen würde.

Brugger und Keller rannten, noch angeseilt, so schnell es die Lichtverhältnisse, das Gelände und Kellers Zustand zuließen, am Gipfel vorbei und den Normalweg hinab. Keller sah im Vorbeilaufen die Gipfelstange, an der er noch am Dienstag Stefanie zu ihrem ersten Dreitausender gratuliert hatte.

Ein direkter Abstieg zum Auto kam jetzt nicht mehr infrage. Dass Keller vor sechsunddreißig Stunden schon einmal hier hinabgelaufen war, erwies sich nun als Vorteil. Er wusste noch ungefähr, wie der Weg verlief, den Brugger ohnehin in- und auswendig kannte.

Bald darauf ging der Wind in einen Sturm und der Regen in Schnee über. Brugger hielt kurz an, verstaute die Seile, und sie stiegen in ihre Wanderschuhe. Als Brugger seine Handschuhe anzog, schrie er Keller an:

„Wo sind deine Handschuhe?"

„Die habe ich verloren, als der Rucksack kaputtgegangen ist, am Kreuzkogel!"

Brugger reichte ihm kommentarlos seine und steckte die Hände in die Hosentaschen.

Der Dienstag an gleicher Stelle war schon hart gewesen, aber das hier hatte eine andere Qualität. Es war ein Inferno. Zum Glück verlief der Weg nicht sehr exponiert, aber Keller erschrak trotzdem jedes Mal, wenn ein Blitz in ihrer Umgebung einschlug. Er schwor sich, nur noch Schönwetterbergtouren zu machen, vorausgesetzt, dieses Unternehmen sollte ein gutes Ende nehmen.

Bald musste Brugger schon in knöcheltiefem Schnee spuren. Von oben hatten sie zuerst noch das Licht der Oberwiesler Alm gesehen, aber inzwischen war es vollkommen verschwunden. Sie liefen durch eine weiße Polarlandschaft und hatten kaum Sicht. Der Lichtschein ihrer Stirnlampen wurde schon nach wenigen Metern von den dicken Schneeflocken gleich einem weißen, undurchdringlichen Vorhang reflektiert. So arbeiteten sie sich bis hinab in die verschneiten Wiesen südlich der Alm. Es war inzwischen halb drei Uhr nachts. Der Wind und der Schneefall ließen langsam nach.

„Lass uns in die Alm gehen. Wir können ja die Polizei anrufen. Nadine ist in Sicherheit. Mir langt es."

„Mir gehen in die Alm. Mir essen eppes, wärmen uns a bisserl auf und dann gehn mir weiter. Des Schlimmste is vorbei. Vorher ruf mer den Haller an, der soll uns abholen. Sonscht steht hier morgen früh der Rössle vor der Tür."

„Meinst du wirklich?“

„Na, absteigen hab i die zwoa nit sehen“, meinte Brugger.

Keller konnte den Namen Rössle schon nicht mehr hören.

Um drei Uhr morgens saßen sie in der Hütte. Ihr Zeitplan war durch das Wetter etwas aus den Fugen geraten. Aber Gleiches würde natürlich auch für ihre Verfolger gelten. Josef Bruggers Frau Hilde war aufgestanden und wärmte ihnen ein paar Reste auf. Brugger hatte ihr kurz berichtet, was vorgefallen war.

„Und ihr wollt's jetzt no weiter?“, fragte sie mit dem Rücken zu ihnen, über den Herd gebeugt, sodass man nur ihren langen blonden Zopf sah, den sie an seinem Ende mit einem bestickten Band zusammengebunden hatte. Bruggers drei Jahre jüngere Frau war schlank und zierlich, doch das konnte nicht darüber hinwegtäuschen, dass die gelernte Landwirtin eine energische Person war, die sagte, was sie meinte.

„Ja, es geht nit anders, des muss jetzt mal a End haben, des Ganze. Drüben wartet a Mann, der ihm hilft. I komm dann morgen wieder zruck. I muss no des Auto holen, beim Franz droben auf der Alm.“

„Na, so a Wahnsinn, verdammte Bande. Von mir kriagt der Hias nix, wenn er do vorbeikimmt, des kannscht aber glauben!“

Hilde Brugger ärgerte sich, relativierte aber gleich darauf ihre Wut.

„Martin, hör besser weg. Du kannscht nix dafür, des weiß i. Diese verdammte Saubande! Die gehörn doch alle hinter Gitter!“

Martin Keller nickte ihr so freundlich zu, wie es seine momentane Verfassung zuließ. Da gerade mit schmerzhafter Hitze das Gefühl in seine durchgefrorenen Füße zurückkehrte, brachte er nur ein leises Stöhnen heraus. Er hatte seine Schuhe ausgezogen und massierte mit eher leidvoller Miene seine Zehen.

Brugger hörte telefonisch den Wetterbericht ab, der eine zügige Wetterbesserung versprach. Seine Entscheidung war gefallen.

„Lass alles da, was du nit brauchschst, Martin. Mir schicken es dir nach“, meinte er.

Die nassen Seile und die Kletterausrüstung, Wechselwäsche und Waschzeug bildeten bald einen bunten Haufen in der Küche.

Keller lag eine gute halbe Stunde auf der Bank und ruhte sich aus. Der Wind pfiff deutlich hörbar um die Hütte. Hilde Brugger hatte ihm zwei weiche Wolldecken gebracht, die er sich bis unters Kinn zog. Er schloss die Augen und genoss die Wärme, die sich in ihm breitmachte. Das regelmäßige Ticken der alten Uhr, die eine Wandergruppe aus dem Schwarzwald vor vielen Jahren Bruggers Vater geschenkt hatte, störte ihn nicht. Es war ihm im Gegenteil ein beruhigendes Zeichen dafür, noch ein Teil der Welt zu sein und vermittelte ein Stück Geborgenheit, denn in der guten Stube des Hüttenwarts hatte er als treuer Gast schon öfter gesessen. Diese Momente waren ihm glückliche Erinnerungen geblieben.

Als er sich etwas besser fühlte, setzte er sich auf und zog sich um. Hilde hatte ihm eine warme Hose, Skiunterwäsche, ein Paar dicke Strümpfe und ein Paar Skihandschuhe von Josef geholt. Auf dem Tisch stand eine Kanne Kaffee mit einem Kännchen warmer Milch und zwei Tassen, die Keller dankbar auffüllte.

„Mir müssen dem Haller Bescheid sagen!“, meinte Josef Brugger, der sich neben ihn gesetzt hatte.

„Ja, richtig, der Haller.“ Keller überlegte. „Können wir das nicht unterwegs machen?“

„Na, besser jetzt. I weiß net, wie’s is bei dem Wetter. Der Empfang is da eh scho schlecht. Spätestens unter der Oberwiesler Scharten hats gar koan mehr. Hier hammer des Hüttentelefon, des geht immer. Es langt ja, wenn er um sieben da is.“

Also riefen sie Haller an. Er war sofort dran und versprach, um sieben am Bus zu sein.

Als sie dann vor die Hütte traten, war es vier Uhr morgens. Ihre Spuren, die vom Mönchskogel her kamen, waren nur noch schemenhaft zu erkennen. Es schneite fast nicht mehr, aber es war eiskalt. Das Thermometer neben der Eingangstür zeigte minus acht Grad.

Brugger ging voraus und der Schnee knarrte unter seinen Füßen. Keller lief langsam hinter ihm her. Sein Atem kondensierte in der Luft. Nach ein paar Minuten schauten sie zurück. Im Südwesten sahen sie zwei Lichter unterhalb der Mönchsscharte. Brugger hatte recht gehabt. Steger und Rössle waren weitergegangen. Bald würden sie an der Hütte sein.

DONNERSTAG, 20. AUGUST

28

Der Abstieg war beschwerlicher, als Rössle und Steger erhofft hatten. Passagen, in denen man auf einer geschlossenen Altschneedecke abfahren konnte, gab es nur anfangs und waren auch da nur dünn gesät. Ansonsten ging es in einer steilen Steinwüste bergab, in der teils riesige Blöcke chaotisch herumlagen, auf und zwischen denen sie hinabbalancierten. Rössle offenbarte hier all seine alpinistischen Defizite und torkelte mehr von Block zu Block, als dass man es trittsichere Fortbewegung hätte nennen können. Für Steger war das furchtbar. Aber er war der Bergführer und Rössle war sein Kunde. Alleinlassen konnte er ihn nicht, auch wenn er ihn am liebsten auf den Mond geschossen hätte. Er wollte so schnell wie möglich vorankommen, um vielleicht eine Katastrophe zu verhindern, aber dieser Bergdilettant hielt ihn mit kaum zu überbietender Penetranz auf. Es war wie Joggen an einem Gummiseil. Rössle war bei ihm endgültig unten durch.

Aufgrund dieser wenig effizienten Weise des Vorankommens hatten sie über zweieinhalb Stunden gebraucht, bis sie um halb zwölf den Weg erreichten, der von einer im Osten gelegenen Hütte kam und über die Mönchsscharte zur Oberwiesler Alm nach Südwesten führte. Nun war das amateurfeindliche Gelände zwar im Prinzip vorbei, aber auf dem Weg im Dunkeln ging es auch nicht gerade flott voran. Rössle stolperte immer wieder über herausstehende Steine, deren Lage er nicht richtig eingeschätzt hatte. Aber vielleicht war er inzwischen einfach zu ermüdet, um sich noch auf jeden Schritt zu konzentrieren.

Erst querte der Weg an den südwestlichen Ausläufern des Mönchskogels entlang, dann ging es in ein lang gestrecktes Tal und schließlich über eine steile Flanke hinauf in die Scharte. Inzwischen war es kälter geworden und der aufkommende Wind kündigte das nahende Schlechtwetter an. Steger war schnell klar, dass sie nun einen Unterstand brauchten. Zum Glück waren sie nicht so hoch wie Brugger und Keller, aber erbaulich war die Situation trotzdem keinesfalls. Rössle war völlig fertig und Steger konnte ihn unter keinen Umständen zurücklassen, egal, was er sich geleistet hatte. Außerdem hätte Rössle auch alles verschweigen und mit ihm absteigen können, dann hätte Steger niemals die Chance gehabt, Josef und dessen Freund Keller zu helfen und möglicherweise seinen Fehler wiedergutzumachen.

Die Querung des langen Hanges, der in das Hochtal hinüberführte, zog sich quälend in die Länge. Rössle war unsicher, da sich links des schmalen Pfades immer wieder dunkle Abgründe auftaten. Das Donnern war bereits zu hören und die Blitze jenseits des Bergmassivs leuchteten immer heller herüber. Steger wollte noch in den bei Schnee weniger absturzgefährlichen Talgrund hinüberkommen.

„Auf geht's, Walter! Da drüben such mer uns an großen Block und setzen uns drunter in den Biwaksack. Des wird scho! Geh zua!"

Kurz vor ein Uhr nachts erwischte sie das Unwetter mit voller Macht. Sie hatten den Talgrund inzwischen erreicht. Doch den erhofften großen Block gab es erst mal nicht. Also stieg Steger weiter. Der Weg führte nun wieder leicht bergauf und der Regen ging in Schnee über. Sie waren gut zweitausendzweihundert Meter hoch. Weiter oben, das sahen sie bei jedem Blitz, der für kurze Zeit das Gebirge taghell erleuchtete, war bereits alles weiß.

Nach einer weiteren halben Stunde steuerte Steger auf eine etwas abseits des nun schon teilweise schneeverwehten Weges liegende Felswand zu. Sie wies im linken unteren Teil einen mächtigen Überhang auf, unter dem sie sich niederließen. Steger begann mit den zahlreich umherliegenden Steinen eine schon teils vorhandene Mauer wieder aufzuschichten. Offenbar waren sie nicht die ersten Wanderer, die hier Schutz suchten. Rössle half ihm wortlos und etwas unbeholfen. Er war vollkommen erschöpft. Dass er es aber überhaupt versuchte, rechnete ihm Steger positiv an.

Die nächsten zwei Stunden waren deprimierend. Beide hatten ihre Regenhosen und ihre Daunenjacken angezogen, die sie glücklicherweise dabeihatten. Sie froren trotzdem, als sie, dicht aneinander sitzend, in ihrem Biwaksack ausharrten. Sie versuchten die zähen Energieriegel, auf denen sie herumkauten, mit einem Schluck aus ihrer eiskalten Trinkflasche hinunterzubekommen.

Als der Schneefall und das Gewitter etwas nachließen, ging es weiter. Um vier Uhr waren sie kurz unterhalb der Mönchsscharte. Oben angekommen, blies ihnen ein gnadenlos eisiger Wind ins Gesicht. Die Schneekristalle fühlten sich wie kleine Nadelstiche in ihren Gesichtern an.

Ihr Blick fiel hinab zur Oberwiesler Alm. Dort sahen sie zwei flackernde Lichter, die sich langsam von der Hütte wegbewegten. Sie kamen zu spät.

Rössle konnte sich kaum noch auf den Beinen halten. Er wirkte schon etwas apathisch und trottete schwankend hinter Steger her. Zum Glück konnten sie nun über die unberührten Schneefelder bergab gehen. Die sonst so schönen Blumenwiesen waren unter einer weißen Decke verschwunden.

Bald sah man die fast verwehten Spuren, die vom Mönchskogel herabkamen. Es war kurz vor fünf, als sie die Alm erreichten.

Steger schluckte, als er zur Tür sah. Hilde Brugger erwartete sie bereits.

29

Der alte Schlafsack wärmte zwar, er hatte aber festgestellt, dass dieser ohne Pullover und lange Unterwäsche nicht ausreichte. Kurz nachdem er zum letzten Mal erfolglos versucht hatte, Brugger und Keller zu erreichen, war Haller eingeschlafen. Es wäre unsinnig gewesen auszuharren, denn Stefanie Meiser hatte ihm gesagt, dass Keller sich melden würde.

Der Regen prasselte auf sein Auto und dies war sehr einschläfernd für ihn, obschon er wusste, dass der Regen bedrohlich für die ungeschützten Menschen im Gebirge war.

So hatte er gut vier Stunden unruhig geschlafen, bis ein entferntes, näher kommendes Geräusch ihn weckte. Er spürte, dass es hell wurde in seinem Auto, und öffnete etwas widerwillig die Augen, kniff sie aber gleich wieder zu. Zwei grelle Scheinwerfer näherten sich. Unwillkürlich tastete er nach seiner Pistole, die neben ihm lag. Es schien, als käme das Auto direkt auf ihn zu. Sein BMW stand etwas abseits in einer größeren Kehre neben zwei älteren Schuppen und die Scheiben waren völlig beschlagen. Für einen Moment wurde es extrem hell. Kurz darauf hatte der Wagen ihn passiert und der Lichtkegel beschien den Weg weiter oberhalb.

Haller sah den roten Rücklichtern nach, die bald hinter der nächsten Kurve verschwunden waren, und fragte sich, wer bei diesem furchtbaren Wetter einen Grund hätte, diesen Almweg hinaufzufahren. Ob es da oben Kühe gab, die unbedingt gemolken werden mussten? Er blickte auf seine Uhr. Es war kurz vor drei. Durch die beschlagenen Scheiben hatte er weder das Nummernschild noch den Typ des Autos erkennen können. Er überlegte, ob sich vielleicht doch noch ein Mitarbeiter Rössles hier blicken lassen würde. Doch das sollte eigentlich beherrschbar sein. Es könnte aber auch noch irgendwelche Stallungen oder Almen weiter oben geben. Vielleicht waren die Almwirte auf einem Fest bei Verwandten oder Bekannten im Tal gewesen und kehrten jetzt zurück? Sie würden ja wohl heutzutage auch nicht den ganzen Sommer über da oben sitzen. Oder fuhren sie bei diesem Wetter hoch, um ihrem Vieh zu helfen? Haller wusste nicht, was er denken sollte. Er beschloss, weiter zu warten. Bald darauf war er wieder eingenickt.

Der Klingelton des Mobiltelefons war schrill und brutal.

„Haller!"

„Martin Keller hier. Sie sind im Auftrag von Herrn Meiser gekommen?"

„Das bin ich. Gut, dass Sie sich melden. Ich habe mir wegen des Wetters schon Sorgen gemacht."

„Ja, das ist weniger lustig. Damit hatten wir nicht gerechnet. Wir gehen jetzt von der Oberwiesler Alm los in Richtung meines Busses. Wissen Sie, wo der steht?"

„Jawohl, am Ende des Anrainerwegs, westlich der Alm, richtig?"

„Genau. Ich schätze, wir werden so zwischen sieben und acht Uhr dort sein. Es wäre sehr nett, wenn Sie mich dort abholen würden. Der Wanderweg führt vom Auto unmittelbar nach Osten in das höhergelegene Seitental, er ist ausgeschildert. Sie sehen uns dann schon, Josef Brugger geht netterweise mit mir."

„In Ordnung, ich werde um sieben da sein. Ob ich allerdings bis hinauf fahren kann, muss ich erst noch sehen, es hat weit heruntergeschneit. Ich stehe hier rund vierhundert Höhenmeter tiefer und die Schneedecke beginnt nicht viel weiter oben. Sonst komme ich Ihnen zu Fuß entgegen. Noch etwas: Vor einer guten Stunde ist hier ein Auto hochgefahren. Ich konnte leider nichts erkennen, aber fragen Sie doch mal Herrn Brugger, ob er weiß, wer das sein könnte. Nicht, dass wir hier noch ungebetene Gäste haben."

Haller hörte, wie sie sich unterhielten, aber er konnte nur Wortfetzen verstehen.

„Der Josef sagt, da oben gibt's noch zwei Almen, vielleicht waren die Leute im Tal", meldete sich Keller wieder. „Die sind noch recht jung, und das wär wohl nicht ungewöhnlich."

„Gut, dann hoffen wir mal, das alles gut geht. Bis nachher."

„Ja, bis bald!"

Es war vier Uhr, als Haller noch einmal die Augen schloss. Er hatte den Wecker seines Handys auf halb sechs gestellt. Das sollte reichen, wenn er um sieben Uhr am Bus sein wollte. Hoffentlich konnte er bis hinauf fahren, draußen würde es sicher bitter kalt sein.

Hallers Bergerfahrung beschränkte sich auf sporadische leichte Bergwanderungen, die meist an einer bewirtschafteten Hütte endeten und deren tieferer Sinn im Ausspannen von seinem nicht immer spannungsfreien Beruf bestand. Leute, die sich auch im Urlaub noch hetzten, hatte er nie verstehen können.

Bei solchen Witterungsbedingungen hätte er privat sicher die Wohnung nicht verlassen, geschweige denn das Tal. Deshalb beschlich ihn auch nur eine sehr eingeschränkte Vorfreude bei dem Gedanken, mitten im Sommer noch im Schnee herumlaufen zu müssen. Aber es musste eben sein, denn diesmal forderte es sein Job.

Als der Wecker klingelte, zog er sich an, nahm noch einen lauwarmen Schluck Kaffee aus seiner Thermosflasche, aß sein letztes belegtes Brot, startete den Motor, wischte, so weit es ging, die Scheiben trocken und fuhr los.

Die Scheinwerfer strahlten in der beginnenden Dämmerung auf den steinigen Weg, der schon nach ein paar hundert Metern anfing zu glitzern. Die eisigen Hinterlassenschaften des Unwetters nahmen langsam zu. Er konnte die Fahrspur des unbekannten Autos nur noch erahnen, dafür hatte es offensichtlich noch zu sehr geschneit, nachdem das Fahrzeug hier entlanggefahren war.

Nach wenigen Minuten langsamer Fahrt kam der Moment, als die breiten Sommerreifen von Hallers BMW das erste Mal durchdrehten. Schließlich wurde der Weg eine Kehre später noch steiler und Haller beschloss, den Rest zu Fuß zu gehen. Er packte seinen alten kleinen Wanderrucksack und steckte die Pistole ein, zog seine Trekkingschuhe und seine warmen Sachen an und lief los. Knarzend konnte er jeden seiner Schritte vernehmen, ansonsten hörte er nur sein eigenes Atmen. Er befand sich in einer vollkommenen Stille.

Es war kurz nach sechs und es dämmerte. Am Himmel hingen noch einzelne Restwolken der Kaltfront. Dazwischen blitzten noch schwach die Sterne durch die wunderbare, eisig-klare Luft. Nachdem Haller eine Weile gegangen war, begann der Himmel sich langsam blau-rot zu verfärben.

Der Weg führte über einen Bergrücken in den oberen Teil des lang gestreckten Tales. Der Schnee war hier deutlich tiefer als noch eine halbe Stunde weiter unten.

Am Fuß einer kurzen Steigung stand ein Auto. Es parkte auf der linken Seite des Weges, in Richtung Tal. Haller ging näher heran und stellte fest, dass es leer war. Es hatte kurz oberhalb im Schnee gewendet, wie ihm die Reifenspuren verrieten. Es war ein Audi A4 quattro mit einem Ulmer Kennzeichen.

Neben Fahrertür und Kofferraum erkannte er noch Fußspuren, die durch den ansonsten unberührten Schnee des Weges weiter hinaufführten.

Es lag nicht viel Schnee auf dem Auto, also stand es noch nicht lang hier. Haller hatte keine Ahnung, wer dieser Ulmer war, aber eines war er sicher nicht: ein Almwirt.

30

Brugger spurte mit dem Gleichmut eines bewährten Räumfahrzeuges durch den teils knietiefen Schnee. Dieser war besonders an jenen Stellen des ostexponierten Hanges so tief, in die der Wind den Schnee verfrachtet hatte. Immer wieder richteten sie den Blick zurück zu ihren Verfolgern. Sie waren langsam. Das vorausgehende Licht blieb mehrmals stehen, bis das andere wieder aufgeschlossen hatte. Rössle lief offenbar auf dem Zahnfleisch.

„Der is fertig, der Schwob", murmelte Brugger.

„Sieht so aus. Na ja, ich bin's allerdings auch", antwortete Keller, auf die Skistöcke gestützt, die Brugger ihm geliehen hatte.

„Sind nur noch a paar Meter. Des hier is die Kür, mir laufen ganz gemütlich zu deinem Auto und dann kannst di zurücklehnen."

„Hoffen wir's!"

„Hast eigentlich Ketten dabei?"

„Ja, hab ich. Ich hab ja vor ein paar Jahren schon mal einen Tag warten müssen, bis ich runterfahren konnte. Seitdem hab ich immer Ketten dabei."

„Na also! Wenn mir sie brauchen, mach i dir die no drauf und fahr di mit dem Herrn Haller nunter zu seim Auto. Der wird bei dem viele Schnee ja sicher das letzte Stück zu Fuaß laufen müssen."

Als sie den Fuß des letzten steilen Anstiegs passierten, beobachteten sie, wie Steger und Rössle an der Oberwiesler Alm ankamen.

Etwa zwanzig Minuten später, sie waren kurz unterhalb der Oberwiesler Scharte, sahen sie, dass sich ein einzelnes Licht von der Hütte entfernte. Es war sehr schnell. Aber das war es nicht alleine, was sie irritierte. Es bewegte sich in ihrer Spur.

„Na, des wird doch net der Hias sein, der sich entschuldigen möcht?", witzelte Brugger.

„Also, der Rössle wird's ja wohl kaum sein", bemerkte Keller außer Atem.

„Gehn mer zua. Jetzt geht's gleich eh nur noch bergab. I glaub nit, dass der uns no einholt. Vielleicht will er au mit nunter, weil er koa Auto und koan Kunden mehr hat!"

Brugger lachte bitter und spurte weiter. Bald darauf standen sie in der Scharte und sahen hinab in das Tal, in dem Kellers Bus stand. Der fast volle Mond beleuchtete die verschneite Gebirgswelt, die majestätisch vor ihnen lag. Ein eisiger Wind wehte ihnen entgegen. Es war inzwischen Viertel vor sechs und es begann zu dämmern.

„Na, des schaut so aus, als wenn du die Ketten nit umsonscht mitgenommen hast!", bemerkte Brugger lakonisch. Es hatte bis weit herunter geschneit. Allerdings konnte man von hier aus noch nicht den Bus sehen, der unterhalb der letzten Steilstufe des Weges stand. Die Serpentinen auf der anderen Seite führten gleich einer weißen Schlange hinab. Der Schnee hatte den Weg vollkommen ausgefüllt und der Wind den Hang glatt geblasen. Am Ende der Serpentinen querte der Pfad länger nach links in ein ausgedehntes, nur mäßig abfallendes Schuttkar, an dessen Ende die Steilstufe kam, unterhalb der Kellers Bus stand. Es war nicht mehr weit, Keller kannte den Weg, er war ihn schon unzählige Male gegangen.

Schnell hatten sie die Serpentinen hinter sich gelassen. Es strengte nicht mehr an, durch den weichen Schnee abzusteigen. Mit jedem Schritt, den er seinem Bus und Haller näher kam, fühlte sich Keller zuversichtlicher. Rössle war er los und Haller würde ihn zu Nadine bringen. Von da an würden die Dinge ihren Lauf nehmen. Wenn alles gut ging, wäre Kranek bald nicht mehr sein Chef. Wenn nicht, wäre Keller selbst seinen Job los. Aber im Grunde war ihm das egal. Er konnte sich ohnehin nicht mehr vorstellen, für diese Firma weiterzuarbeiten.

Er war sich sicher, dass nicht nur Kranek in die Sache verwickelt war. Sie hatten ihn umgangen und verfolgten offenbar nicht mehr die gleichen Ziele wie er. Er hatte daran geglaubt, für leidende Menschen etwas erreichen zu können. Das war sein alleiniger Maßstab gewesen. Deshalb hatte er Medizin studiert und er hatte das auch niemals vergessen. Für Kranek und seine Mitwisser waren die Firma und der eigene Lebensstandard wichtiger als das Wohl der Patienten. Sie hatten das Vertrauen todkranker Menschen missbraucht und damit einen unverzeihlichen Sündenfall begangen.

Es dämmerte bereits, als sie einträchtig die lange Querung entlangstapften. Hier mussten sie sich ein letztes Mal konzentrieren, denn der inzwischen weniger tief verschneite Weg führte teilweise durch Absturzgelände und war gefährlich glatt.

Als sie endlich im Schuttkar ankamen, war es schon hell. Sie blieben kurz stehen, blickten zurück zur Oberwiesler Scharte und sahen ihren Verfolger in hohem Tempo die Serpentinen hinabrennen.

„Was will der nur?“, fragte Keller verwundert und ging weiter.

„Keine Ahnung, vielleicht will der Hias wirklich noch mit“, antwortete Brugger.

„Der rennt ja wie von der Tarantel gestochen!“

„Ja, schnell war er scho immer, früher war er bergauf no stärker wie heut. Na ja, der kriagt uns nimmer. Und sollt er uns no einholen, wär’s ja nit schlimm. Der würd dir nix tun. Eigentlich is er a liaber Mensch.“

Brugger und Keller erreichten bald die letzte Geländekante. Da unten stand sein Bus. Haller war noch nicht zu sehen, es war aber auch erst halb sieben. Steger war schon am Ende der Querung. Er war unfassbar schnell.

„Was hat denn der Hias da auf dem Rücken?“ Keller hatte mit bloßem Auge ein grünes, längliches Gepäckstück ausgemacht, das hinter Steger aus seinem Rucksack herauszuschauen schien.

„I woaß es nit. Des kann ja nur aus der Hüttn sein, des muss er von der Hilde haben. Vielleicht erfahrn mer's ja no."

Sie ließen die Geländekante hinter sich und konnten Steger nun nicht mehr beobachten. Der Weg hinab zum Auto war noch mal steil, aber nicht gefährlich. Zügig ging es abwärts.

Es waren vielleicht noch zehn Minuten zu Kellers Bus, als Keller unten auf dem Fahrweg Fußspuren im Schnee sah, die zu seinem Wagen führten und dann weiter bergauf in ihre Richtung. Aber er konnte niemanden entdecken.

„Hascht die Fußspuren gesehen?"

Brugger hatte sie auch bemerkt.

„Ja, aber es ist niemand da. Eigentlich müssten das die Spuren vom Haller sein."

Schließlich blieb Keller stehen und rief:

„Herr Haller? Sind Sie schon da? Hallo! Herr Haller?"

Kellers Rufe waren laut und schallten durch das Tal, aber er bekam keine Antwort. Brugger und Keller schauten sich besorgt an.

„Vielleicht is er ja in die falsche Richtung weitergegangen. Mir sehen des gleich, wenn mir um die Ecke schauen können, Richtung Kreuzkogel nauf", meinte Brugger.

Sie gingen langsam weiter, die Situation war unheimlich. Warum rannte ihnen Hias Steger hinterher? Wusste er mehr als sie? Haller hatte von einem Auto gesprochen, das heute Nacht hochgefahren war. Vielleicht war es doch kein Almwirt?

Keller hatte Angst. Er blickte den Fahrweg weiter hinunter. Dort sah er einen Mann mit einer grünen Jacke heraufkommen. Er würde in vielleicht zehn Minuten bei ihnen sein. Es war Viertel vor sieben. Wenn der Mann dort unten Haller war, von wem waren dann die Fußspuren?

Und dann sah er ihn. Er stand hinter einem Felsblock, stützte sich auf und hatte etwas Dunkles in den Händen.

„Runter!“, schrie Keller, warf sich hin und hörte gleichzeitig den Knall.

Brugger hatte etwas verzögert reagiert und noch instinktiv in die Richtung geschaut, aus der er den Schuss gehört hatte. Er hatte etwa hundert Meter unterhalb einen Mann mit einer schwarzen Mütze und einer dunklen Jacke gesehen. Quasi im selben Moment schlug das Projektil hinter ihm in einem Felsblock ein. Er ließ sich neben Keller in den Schnee fallen, während der Knall noch durch den weiten Gebirgskessel schallte.

„Das hat dir gegolten, Martin.“

„Scheiße! Wir müssen vom Weg runter“, keuchte Keller. Auf allen Vieren krochen sie hinter einen großen Block rechts des Weges.

„Der hat den Haller mit Sicherheit noch nicht gesehen, dafür war er zu weit unten. Wenn wir ein bisschen durchhalten, kann der uns vielleicht noch helfen. Hoffentlich hat er eine Waffe dabei.“

„Na ja, wenn der nur a Pistole hat, kann er nit so viel machen. Der Kerl da hat a Gewehr, der knallt uns ab wie die Hasen!“

Keller setzte seinen Rucksack ab, nahm den Autoschlüssel und den USB-Stick aus der Deckeltasche und steckte sie in seine Jacke.

„Wir sollten uns trennen. Ich möchte nicht, dass du hier noch für mich sterben musst“, erklärte Keller.

Brugger, der auch seinen Rucksack abgelegt hatte, schaute vorsichtig um die Ecke. Der Mann war verschwunden.

„Er ist nicht mehr da! Lass uns zurückrennen, auf geht's! Zum nächsten Block rauf!“

Schon war er aufgesprungen. Keller zögerte einen Moment, stand dann aber auf und stürzte hinterher. Ein weiterer Schuss krachte, der ihn wieder nur knapp verfehlte, kurz bevor er Brugger hinter dem größeren Felsblock erreichte.

Heftig atmend lehnten beide nebeneinander.

Oberhalb von ihnen war ein Labyrinth aus teils hausgroßen Felsblöcken, die ein Gletscher vor ein paar tausend Jahren hierhergeschoben hatte. Beiden war klar, dass sie nur eine Chance haben würden, wenn sie schnell tiefer in dieses Labyrinth eindrangen. Die nächsten Blöcke konnten sie in Deckung erreichen. Verstecken konnten sie sich aber auf Dauer nicht, da jeder ihrer Schritte im Schnee nachvollziehbar war.

Sie quetschten sich zwischen zwei großen Blöcken hindurch, krochen entlang eines niedrigeren Felsens und arbeiteten sich so immer höher hinauf.

Inzwischen waren zehn Minuten vergangen, seit der erste Schuss gefallen war. Zwar konnte ihr Gegner sie nicht mehr sehen, sie ihn aber auch nicht. Auch wussten sie nicht, wo sich Haller befand, wenn er es tatsächlich gewesen war, den sie auf dem Weg unterhalb beobachtet hatten.

Sie eilten weiter bergauf zwischen zwei riesigen Blöcken hindurch, als Steger plötzlich vor ihnen stand.

„Hias!“, rief Brugger erstaunt und schaute an ihm herunter. Er hatte eine große Schrotflinte in den Händen. „Des is ja die alte Büchsen von meinem Vater!“

„Ja, Josef. Die Hilde hat sie mir gegeben. Gehts weiter. I wart hier auf ihn.“

„Hias, des is a Profi, der bringt di um!“

„Gehts zua, Josef, i weiß, was i tu. Des bin i euch schuldig, und da bringscht du mi nit von ab.“

Brugger war für einen Moment sprachlos. Er sah Steger in die entschlossenen Augen seines ernsten Gesichtes, packte dann Martin Keller am Arm und sagte ganz ruhig:

„Da is no a anderer Mann, mit am grünen Anorak, der gehört zu uns. Der müsst au gleich hier sein.“

„Guat“, erwiderte Steger.

„Der Kerl, der auf uns geschossen hat, hat a schwarze Mütze auf und a dunkle Jacke an.“

„I weiß“, antwortete Steger.

„Auf geht’s, Martin, gehn mer.“

Keller wollte noch etwas sagen, aber Brugger ließ ihm keine Zeit mehr dazu. Er zog ihn wie eine Ziege an seinem Arm davon.

Beide hasteten weiter durch die Blöcke oberhalb, bis sie sich weit genug entfernt wähnten. Eine Weile später fiel ein Schuss. Er war lauter als die beiden vorherigen. Dann war es totenstill.

31

Hilde Brugger blickte Steger kopfschüttelnd nach, als er durch den Schnee davonstürmte.

Dann ging sie zurück zu Rössle und bat ihn in die Gaststube. Rössle erhob sich stöhnend und folgte ihr.

„I kann Ihnen no an Teller Gemüsesuppe mit a paar Scheiben Brot anbieten“, sagte sie etwas versöhnlicher als zuvor.

„Gerne, vielen Dank.“

Rössle nahm neben dem Kachelofen Platz.

Kurz darauf kam sie aus der Küche zurück und setzte sich zu ihm.

„Sollten mir nit die Polizei rufen, Herr Rössle?“

„Na ja, es könnte auch sein, dass ich mich täusche. Aber wenn Sie auf Nummer sicher gehen wollen, wär’s wahrscheinlich kein Fehler. Allerdings könnten Sie Ärger bekommen wegen des Gewehrs.“

„Na, des glaub i nit. Hier hat früher jeder a Gewehr ghabt. Nach am Kriag warn’s alle arm. A jeder hat no nebenher was geschossen, des wissen do alle.“

„Dann sollten Sie anrufen. Wenn nichts ist, umso besser. Auf ein paar Stunden Vernehmung kommt’s mir jetzt auch nicht mehr an. Wo ist denn die nächste Dienststelle?“

„In Landeck. Die werden sicher zwoa Stund oder mehr brauchen. Was soll’s, i ruf an, vielleicht geht’s ja doch schneller.“

Hilde Brugger erhob sich und ging in die Küche. Es dauerte eine Weile, bis sie zurückkehrte. In den Händen hatte sie einen Teller dampfender Suppe und zwei Scheiben Brot. Sie schaute Rössle besorgt an.

„I hab angerufen. Die schicken jemand nauf. Kann aber etwas dauern, ham’s gsagt. Mir ham’s die Gschicht erscht gar nit glauben wollen. So was gibt’s do sicher selten. I kann’s immer no nit glaubn. So a Wahnsinn, was für a verrückte Welt!“

Steger rannte durch die vom Mond beschienenen Schneefelder. Dank der guten Spur war er sehr schnell. Endlich konnte er Gas geben, so, wie er sich das zuvor gewünscht hatte. Brugger und Keller hatten schon lange die Oberwiesler Scharte passiert, als er dort ankam. Als er auf der anderen Seite die Serpentinen bergab sprang, sah er Brugger und Keller in der Querung. Er hatte sehr viel Zeit gut gemacht, aber vielleicht würde es trotzdem nicht mehr reichen. Steger war verzweifelt. Er hatte nicht viel. Wenig Geld, keine Frau, keine Kinder und keine geregelte Arbeit. Und jetzt war er drauf und dran, noch das Letzte zu verlieren: seine Ehre. Er musste sie unbedingt einholen, er musste diese Dummheit wiedergutmachen.

„Hier kommt's ihr nit nei, verflucht's Gesindel, dreckertes!“, war Hilde Bruggers Begrüßung gewesen, als sie endlich die Alm erreicht hatten. Ihm war die Situation entsetzlich peinlich gewesen, aber er hatte Schlimmeres verhindern wollen.

„I muss jetzt deinem Mann helfen, Hilde, schau dir doch den Herrn Rössle an, vor dem brauchst koa Angst mehr haben“, hatte er gesagt.

Zum Glück hatte sie dann doch die Tür geöffnet, nachdem sie den völlig erschöpften Rössle genau gemustert hatte.

„Was willst du denn dem Josef helfen? I glaub nit, dass der di brauchen kann, Hias, di sicher nimmer“, hatte sie ihn runtergeputzt.

Er hatte geantwortet, Rössle würde glauben, ihr Josef und Martin Keller seien vielleicht in Gefahr.

„So, der Herr Rössle glaubt des. Na dann erzähl mal, Herr Rössle, was is no so gefährlich?“, hatte sie wild gestikulierend geschrien.

Als Walter Rössle dann leise zu reden anfing, hatte ihn Hilde Brugger noch spöttisch und verächtlich angeblickt. Aber je länger er berichtete, desto erschrockener war ihr Gesicht geworden.

Hilde hatte sofort versucht, ihren Mann anzurufen, aber er war nicht mehr erreichbar gewesen. Sie war eilig vor die Hütte getreten und hatte ihm nachgerufen, aber der Schnee und die Weite der Landschaft hatten ihre Schreie verschluckt.

„I renn hinterher, i kriag sie no, ohne den da!“, hatte Hias angeboten und auf Rössle gezeigt.

„Und was willst machen gegen a Pistole oder a Gewehr? Du holst sie doch eh frühestens kurz vorm Auto ein, vielleicht is es da scho zu spät?“, hatte Hilde gezweifelt.

Er hatte sich Rössles Pistole ausleihen wollen, aber der wollte sie ihm nicht geben, er saß schon zu tief in der Tinte. Da hatte Hilde kurzerhand ein langes grünes Bündel aus dem Keller geholt und auf dem Boden ausgerollt.

Die alte Schrotflinte von Josef Bruggers Vater sah noch gut aus und Rössle hatte versichert, dass auch die alte Munition noch intakt sei, wenn sie trocken gelagert worden wäre.

Nun wackelte die lange Flinte im Takt seiner Schritte in seinem Rucksack hin und her. In wenigen Minuten hatte er die Serpentinen hinter sich gebracht und hetzte in die lang gezogene Querung. Brugger und Steger waren schon im Schuttkar unterhalb.

Verdammt noch mal, es wird nicht reichen, dachte Steger. Die schlimmsten Befürchtungen würden wahr werden und er nicht mehr die Chance haben einzugreifen. Er würde diese Schuld niemals tilgen können oder, brutaler formuliert, er hätte sein Leben endgültig verpfuscht.

Der Schnee spritzte unter seinen schnellen Schritten zur Seite. Nun standen die beiden auf der Geländekante vor dem letzten, steileren Hang. Sie drehten sich um und schauten zu ihm.

Bleibt doch stehen, dachte er. Sollte er rufen? Besser nicht, er würde damit vielleicht andere auf sie aufmerksam machen. Bis zum Bus könnte er sie einholen, da war er sich sicher.

Nun liefen sie weiter, er konnte sie nicht mehr sehen. Steger eilte im Laufschritt durch das Schuttkar in Richtung des

Rückens, auf dem sie eben noch gestanden hatten. Er riskierte alles, rutschte einmal aus und rannte gleich darauf weiter. Kurz bevor er den Rücken erreichte, fiel der erste Schuss. Er warf den Rucksack hin und packte die Schrotflinte aus. Schnell ließ er zwei der alten Schrotpatronen in die Läufe gleiten und klappte die Flinte zu. Er stopfte ein paar Patronen in die Jackentasche und begab sich vorsichtig an die Geländekante.

Ein zweiter Schuss donnerte durch das Tal. Jetzt sah er Brugger und Keller hinter einem großen Felsbrocken. Ungefähr hundert Meter unter ihnen lief ein Mann in dunkler Kleidung den Weg hinauf. Er hatte ein Gewehr in der Hand. Steger erkannte, dass es ein Zielfernrohr hatte. Seine einzige Chance lag in der Überraschung. Der andere durfte ihn nicht sehen, bis er die Möglichkeit hatte, auf ihn zu schießen.

Brugger und Keller flüchteten in das Durcheinander der großen Felsblöcke rechts des Weges. Bald hatte der Mann mit dem Gewehr ihre Spuren erreicht und folgte ihnen in das Gewirr. Als er hinter dem ersten großen Brocken verschwunden war, rannte Steger nach rechts in den oberen Teil des Felslabyrinths.

Er konnte nur hoffen, Brugger und Keller zu finden, bevor der Killer sie erwischte. Sein Vorteil war, dass er von oben den besseren Überblick hatte. Inmitten der Blockhalde lagen zwei große Felsen, die einen schmalen Durchgang bildeten. Dort wollte er hin, notfalls könnte er von einem der großen Blöcke hinunterschießen. Immer darauf bedacht, in Deckung zu bleiben, arbeitete er sich nach unten. Bald stand er am Durchgang. Er überlegte einen Moment, ob er hinaufklettern oder besser warten sollte. Da hörte er ihre Schritte.

Josef riss die Augen auf, als er ihn mit der Flinte seines Vaters sah. Keller sah übel aus. Er schien völlig fertig zu sein. Steger schickte sie weiter. Er wollte auf den Mann mit dem Gewehr warten. Schnell waren Brugger und Keller verschwunden.

Was würden wohl unbewaffnete Menschen tun, wenn sie sich gegen einen bewaffneten Mann wehren müssten? Nun, sie könnten versuchen, ihn von einem der großen Blöcke mit möglichst schweren Steinen zu bewerfen, wenn er unterhalb vorbeiging. Eigentlich wäre diese Stelle dafür ideal. Aber wenn er außen herumkäme?

Steger traute sich nicht, in den schmalen Durchgang hineinzuschauen. Er wollte warten, bis er etwas hörte, und solange in einer Felsnische direkt am oberen Ende des Durchganges ausharren. Hier lag nur wenig Schnee. Er bückte sich und nahm einen faustgroßen Stein in die Hand. Es war vollkommen still. Obwohl er fest entschlossen war, seine Fehler wiedergutzumachen, zitterte er.

Früher war er oft mit seinem Vater auf der Jagd gewesen. Dort hatte er gelernt, dass man nur mit Ruhe und Geduld zum Erfolg kam. Aber das hier war etwas anderes. Tiere schossen eben nicht zurück.

Jetzt meinte er etwas gehört zu haben. Das Knarzen des Schnees drang aus dem Durchgang. Er hörte es nochmals, nur etwas lauter.

Steger bewegte sich vorsichtig einen Schritt aus der Felsnische heraus und warf den Stein auf den rechten Felsblock. Als er laut polternd aufkam, legte Steger die Flinte an und trat in den Durchgang. Der Mann stand fünfzehn Meter von ihm entfernt und hatte sein Gewehr nach oben gerichtet. Als er ihn sah, drückte Steger ab. Der Mann hatte noch versucht, sein Gewehr auf ihn zu richten, aber es hatte nicht mehr gereicht. Er riss den Mund und die Augen auf, als ihn die Schrotladung in die obere Brust und Teile des Gesichts traf und ihn zu Boden warf. Noch während er zusammensackte, ließ er das Gewehr fallen. Steger ging mit angelegter Flinte auf ihn zu und hörte ein letztes Röcheln. Dann war es ruhig.

Steger zitterte am ganzen Leib. Die Tränen schossen ihm in die Augen. Der Mann lag vor ihm im Schnee, er war nach hinten auf den Rücken gefallen. Sein Blut sickerte langsam aus ihm heraus und verfärbte den Schnee rot. Das Gesicht, das er eben noch für einen Sekundenbruchteil unversehrt gesehen hatte, wies mehrere blutende Löcher auf. Er hatte einen Menschen erschossen. Er hatte ihn erschossen, um selbst weiterleben zu können. So einfach war das und mindestens genauso furchtbar.

Nachdem er eine Weile regungslos dagestanden hatte, rief er nach Brugger:

„Josef, es is rum, i hab ihn.“

Er sank auf die Knie und begann zu weinen.

32

„Mein Gott, Hias! Ist alles in Ordnung?“, fragte Brugger.

„Ja, Josef, verzeih mir bitte, verzeih mir“, schluchzte Steger. Er hatte seinen Kopf zwischen seine Hände gelegt, und seine Worte wurden von Tränen erstickt.

Brugger beugte sich zu ihm hinab und nahm ihn in den Arm.

„Du hast doch nit wissen können, dass des solche Schweine san. Des hätt jedem passieren können, glaub mir des“, versuchte Brugger ihn zu trösten. „Du hast uns das Leben gerettet, des werden mir dir nie vergessen.“

Doch Steger heulte wie ein Schlosshund.

Martin Keller stand daneben und fror. Er hatte dicke Sachen an, die zwar etwas verschwitzt waren, aber normalerweise hätten warm genug sein müssen. Beruflich war er dem Tod schon oft begegnet, aber so noch nie. Die letzten Tage und dieses entsetzliche Ende hatten ihn mitgenommen.

Als er zu dem Mann trat und das blutende Gesicht sah, drängten sich ihm die Bilder der Vergangenheit auf. Er sah das blutverschmierte Gesicht seiner Jugendfreundin nach dem Unfall in seiner Erinnerung aufblitzen und zitterte.

Einige Rippen, das Schlüsselbein und ihr rechtes Schien- und Wadenbein waren gebrochen, ihr Auto hatte keinen Airbag. Deshalb war sie mit voller Wucht auf das Lenkrad geknallt. Im Gesicht hatte sie einige schwere Platzwunden, die, obwohl sie gut versorgt wurden, teils hässliche Narben hinterließen. Ihre Milz war gerissen und ein Lungenflügel gequetscht. Er selbst hatte nur ein paar Prellungen an den Knien und an der Brust. Er hatte großes Glück gehabt. Keller fragte sich noch heute, woher sein schlechtes Gewissen kam, weil ihm nichts Gravierendes passiert war. Für Antje wurde es ein furchtbarer Leidensweg. Sie litt vor allem unter den für jeden sichtbaren Narben in ihrem schönen Gesicht.

Noch während des Zivildienstes begann ihre Beziehung zu bröckeln, obwohl er sich so bemüht hatte. Antje wurde launisch und verbittert. Er konnte sie verstehen, aber er konnte ihr nicht helfen, obwohl er sie liebte. Das war eine Erfahrung, die ihn fast verzweifeln ließ.

Als Rettungssanitäter hatte er viele schwere Verletzungen gesehen, aber keine davon hatte sich so nachhaltig in seine Erinnerung eingebrannt wie die seiner Freundin Antje.

Nun kniete er sich nieder und zwang sich, den Puls des Mannes zu ertasten, der versucht hatte, ihn zu erschießen. Er fühlte nichts. Der Mann war tot, und Keller war trotz seines Berufs froh, dass er nichts mehr von sich gab. Er stand auf und ging zu Brugger und Steger zurück. Das erste Mal in diesen Tagen fühlte er so etwas wie eine innere Ruhe in sich aufsteigen. Er hatte einen vorläufigen Endpunkt erreicht, obwohl er wusste, dass dieses Ereignis noch nicht das Ende der Angelegenheit bedeutete. Schließlich fiel ihm Haller ein.

„Herr Haller? Herr Haller, kommen Sie her! Herr Haller?“, schrie Keller.

„Wo sind Sie? Herr Keller?“, vernahm er Hallers ruhige Antwort ganz in der Nähe.

„Hinter den beiden großen Felsblöcken in der Mitte. Es ist alles vorbei!“

Gleich darauf kam Haller mit seiner Waffe in der Hand um die Ecke. Der Anblick, der sich ihm bot, gehörte nicht unbedingt zu den alltäglichen, auch nicht für einen erfahrenen Expolizisten und Privatdetektiv.

Haller steckte seine Waffe ein, übernahm sofort das Kommando und sicherte den Tatort. Er bat Brugger, mit Keller hinunter zum Bus zu gehen und dort zu warten, er wollte noch kurz mit Hias Steger reden, der sich nach seinem Erscheinen etwas gefangen hatte.

Als Brugger und Keller ihre Rucksäcke geholt hatten und hinunterliefen, sahen sie den Polizeiwagen, der den Anrainerweg heraufkam.

„Herr Haller, da kommt die Polizei!“, rief Martin Keller.

„Gut! Schicken Sie sie hoch. Wir warten hier oben“, antwortete Haller.

Keller wurde langsam klar, dass er es geschafft hatte. Trotzdem konnte er sich nicht freuen. Dort oben lag ein Toter und er selbst war am Ende seiner Kräfte. Er hatte sich noch nie so leer gefühlt. Er wollte nur noch weg, ganz weit weg.

Als sie sich seinem Bus näherten, kramte er automatisch den Schlüssel hervor. Erst als er aufschließen wollte, fiel ihm ein, dass das nicht nötig war. Die Tür war schließlich aufgebrochen. Er warf den Rucksack hinein, setzte sich erschöpft auf den Fahrersitz und wartete mit Brugger auf die Polizisten, deren Wagen kurze Zeit später neben ihnen hielt.

33

Unruhig ruckelte er auf seinem Lederstuhl hin und her. Er war sich nicht sicher, ob er richtig gehandelt hatte. Nun war es elf Uhr morgens. Er hatte noch keine Nachricht erhalten. Ob Keller schon tot war? Als es klingelte, wurde er aus seinen Gedanken gerissen.

„Was gibt's, Frau Niemeyer?"

„Herr Kranek, die Polizei ist hier, sie kommen jetzt zu Ihnen herein."

Kranek war wie vom Blitz getroffen. Zwar hatte er damit gerechnet, dass er von der Polizei vernommen werden würde, aber nicht geglaubt, dass es so schnell gehen würde.

„Oh, was wollen die denn? Gut, schicken Sie sie bitte rein", antwortete Kranek, den Unwissenden mimend.

Nur wenige Sekunden später öffnete sich die Tür.

„Hauptkommissar Rupp, Kripo Konstanz. Herr Doktor Kranek?"

Rupp war Anfang fünfzig, hatte eine seltsam antiquierte hellbraune Pilzfrisur und trug dazu einen ebenso hellbraunen, buschigen Schnurrbart. Er war einen Meter neunzig groß, mit einer dünnen, schlaksigen, etwas nach vorn gebeugten Figur, die ein leichtes, knitteriges braunes Jackett zierte. Trotz seiner schlechten Haltung verstand er es, Eindruck zu machen, auch weil er Kranek fest und bestimmend mit seinen stechenden braunen Augen ansah. Zwei weitere, jüngere Beamten begleiteten ihn.

„Ja, der bin ich. Wie kann ich Ihnen behilflich sein?"

„Nun, indem Sie unsere Fragen beantworten. Aber zuerst zeigen Sie uns bitte alle Ihre Räumlichkeiten und die von Herrn Doktor Keller. Wir haben einen richterlichen Durchsuchungsbeschluss für diese Firma und auch für Ihre Privaträume."

„Bitte? Um was geht es denn eigentlich? Meinen Sie denn, dass das nötig ist?"

„Der Staatsanwalt meint es, und wenn Sie mich fragen, ich meine es auch."

Kranek war konsterniert. Hoffentlich hatten Rössle und sein Kollege sauber gearbeitet. Noch hatten sie ja nichts gegen ihn in der Hand.

„Was wollen Sie denn von Doktor Keller? Hat er etwas verbrochen?"

„Dazu können wir zum jetzigen Zeitpunkt noch nichts sagen", antwortete Rupp ausweichend.

Nachdem ihm Kranek alle Räumlichkeiten gezeigt hatte, begann Rupp das Verhör. Kranek sagte zuerst, dass rechtlicher Beistand nicht nötig sei, er habe sich ja schließlich nichts vorzuwerfen. Doch als er merkte, wie gut Rupp informiert war, wollte er doch seinen Anwalt anrufen.

„Das können Sie gleich auf unserer Dienststelle erledigen", bekam er zur Antwort.

Noch bevor sie dort hinfuhren, wurden alle Computer des Hauses sichergestellt, auf die Kranek und Keller Zugriff hatten. Kranek wurde aufgefordert, seine Passwörter zu nennen, es wäre eine Geste des guten Willens, sie würden an den Inhalt seiner Dateien so oder so herankommen.

Schließlich wurde Kranek verhaftet. Inzwischen wusste er, dass er neben Betrugs- und Bestechungsdelikten und damit verbundener Untreue auch der Anstiftung zum Mord verdächtigt wurde. Die Schlinge zog sich zu.

Nachmittags wurde er vom zuständigen Staatsanwalt in Konstanz vernommen. Am nächsten Tag sollte er dem Haftrichter vorgeführt werden.

„Herr Doktor Kranek!"

Der Staatsanwalt Dr. Berndt redete seit geraumer Zeit auf ihn ein. Kranek saß ihm gegenüber und Berndt, ein blonder, blauäugiger Mann Mitte vierzig mit gestutztem Vollbart, schaute ihm direkt in die Augen.

„Es hat doch keinen Sinn zu leugnen, dass Sie um die Nebenwirkungen des Medikaments wussten. Wir haben hier ein erstes Gutachten auf Grundlage der Studienergebnisse und Berichte, die Ihnen doch auch zur Verfügung standen."

„Welche Berichte?"

„Den Sonderbericht Ihres Stufenplanbeauftragten Herrn Doktor Keller und die ganzen Unterlagen der Studie."

„Was für ein Sonderbericht? Ich kenne natürlich die ordentlichen Berichte, aber von einem Sonderbericht weiß ich nichts."

„Also hören Sie mal, wir haben den Sonderbericht doch längst auf einem Server Ihrer Firma gefunden, und zwar in Ihren passwortgeschützten Dateien. Außerdem hat uns Herr Keller auch schon bestätigt, dass er Sie unterrichtet hatte."

„Wie bitte? Das kann nicht sein, ich kenne diesen Sonderbericht nicht! Wann hat Ihnen Herr Keller das denn bitte schön alles erzählt?"

„Heute Morgen."

Kranek wurde blass. Der Pfeil hatte getroffen. Bis eben hatte Kranek noch geglaubt, Keller sei nicht mehr am Leben. Dem Staatsanwalt war die Reaktion Kraneks nicht entgangen.

„Was ist, Herr Doktor Kranek, dachten Sie etwa, er sei tot? Das hätte Ihnen ohne Zweifel genützt, aber da muss ich Sie enttäuschen. Man hat heute Morgen versucht, ihn umzubringen, aber der Versuch war nicht erfolgreich. Sie sind aus unserer Sicht der Einzige, der ein absolut stichhaltiges Motiv hatte, diesen Mord in Auftrag zu geben. Erzählen Sie uns bitte, wie Sie das bewerkstelligt haben."

Kranek war klar, dass sie ihm den versuchten Mord noch nicht nachweisen konnten. Er leugnete jede Beteiligung und sein Anwalt riet ihm, weitere Aussagen zu verweigern, um das Ergebnis der Ermittlungen abzuwarten und damit er sich nicht noch unnötig belastete.

Trotzdem blieb er in Haft. Insbesondere die Unterlagen, die man auf dem Server der Firma gefunden hatte, und die

Aussage Rössles führten dazu, dass der Haftrichter wegen Fluchtgefahr einen Untersuchungshaftbefehl erließ.

Der Tote mit dem Ulmer Auto hatte zwar keine Ausweispapiere bei sich getragen, aber er war bereits polizeibekannt und erkennungsdienstlich erfasst. Es handelte sich um einen gewissen Wasilij Sergejewitsch Dossajew. Er war vierunddreißig Jahre alt, ehemaliger Soldat und stammte aus einer kleineren Stadt in Weißrussland. Das Auto war ein Leihwagen, der von einer Prostituierten aus Ulm ausgeliehen worden war.

Wenige Tage später erhielt Hauptkommissar Rupp einen Hinweis vom Bundeskriminalamt. Das Treffen zwischen Dimitri Michailowitsch Pimkin und Kranek war beobachtet worden. Das BKA hatte sich keinen Reim darauf machen können, was Pimkin und Kranek verband. Als Rupp wegen des toten Auftragsmörders angefragt hatte, wurden jedoch die Zusammenhänge klar.

Pimkin wurde bereits seit über einem Jahr observiert, da er verdächtigt wurde, Angehöriger der russischen Mafia zu sein. Das BKA vermutete, dass sein Etablissement so etwas wie eine Drehscheibe für dunkle Geschäfte in Südwestdeutschland, Österreich und der Schweiz war. Im Wesentlichen ging es dabei um Prostitution, Menschen- und Waffenhandel, Drogen und Mord. Pimkin war eng verflochten mit einem weiteren Bordell bei Ulm, in dem die Frau arbeitete, die das Auto des Toten gemietet hatte.

Der Tote Wasilij Sergejewitsch Dossajew war in Augsburg gemeldet. Er war aber mehrfach im Ulmer Bordell gesehen worden und zudem wegen Drogenhandels vorbestraft.

SONNTAG, 27., BIS DIENSTAG, 29. SEPTEMBER

34

„Hast du alles?“

„Ja, ich denke schon. Von mir aus kann’s losgehen.“

Nadine Mercier schnallte sich an und Keller startete den Motor. Er lenkte den Bus von Konstanz auf die Autobahn nach Norden.

„Komm, verrat es mir doch endlich! Wohin fahren wir, Martin?“, fragte Nadine.

„Lass dich überraschen“, antwortete Keller, schmunzelte und drückte ihre Hand.

„Du fährst ja nach Norden? Ich dachte, wir machen im Süden Urlaub?“

„Machen wir auch, aber erst müssen wir noch etwas erledigen.“

Nachdem sie eine Weile auf der Autobahn in Richtung Stuttgart gefahren waren, entschied sich Keller doch, ein wenig zu erzählen.

„Sagen wir es mal so, ich löse eine Schuld ein und du darfst dabei sein.“

Keller grinste immer noch.

„Dann kann es ja nicht so schlimm sein, oder?“

„Nein, eigentlich nicht, aber das ist Ansichtssache.“ Keller musste lachen. „Wir treffen uns mit den Meisers, Klaus Herrmann und noch jemandem.“

„Professor Faulbacher?“

„Mehr verrate ich nicht!“

Sie passierten Stuttgart und fuhren in Richtung Heilbronn weiter.

Die Ereignisse unterhalb des Kreuzkogels lagen inzwischen über einen Monat zurück. Nadine Mercier war der dringenden Bitte der Geschäftsleitung der Albtraufklinik nachgekommen und hatte, nach einer Woche Erholung, wieder zu arbeiten begonnen. Professor Strattmann musste schließlich irgendwie ersetzt werden. Nun hatte sie endlich zwei Wochen Urlaub.

Keller hatte seinen ganzen Jahresurlaub genommen und zusätzlich zwei Wochen Sonderurlaub von der kommissarischen Firmenleitung erhalten.

Vor einer Woche hatte Europharma Insolvenz angemeldet. Entscheidender Auslöser war die Weigerung der Hausbank, die Kreditlinie zu verlängern, nachdem für das hoffnungsvollste neue Präparat CC-784 so gut wie keine Chance auf Zulassung mehr bestand. Außerdem ergaben sich noch bisher unabsehbare finanzielle Konsequenzen aus der Korruptionsaffäre. Immerhin sah es danach aus, als würde ein Konkurrent Europharma übernehmen. Trotzdem war sich Keller nicht sicher, ob er noch bleiben wollte. Er wollte nicht weiter mit Menschen zusammenarbeiten, die an den Vorgängen beteiligt gewesen waren und denen nicht nur er, sondern auch das Wohl der Patienten egal gewesen war. Er traute in dieser Firma niemandem mehr.

„Da ist ja ganz schön was los“, bemerkte Nadine, als sie die Ausfahrt Sinsheim-Süd erreichten. Mit einem triumphalen Grinsen setzte Martin Keller den Blinker.

„Na, was gibt das denn?“, fragte sie misstrauisch, musste aber auch lachen.

„Das wirst du sofort sehen“, sagte Keller und bog, den Einweisern folgend, in Richtung der Rhein-Neckar-Arena ab.

„Was ist das für ein Ding?“

„Das ist ein Fußballstadion!“

„Und da willst du jetzt mit mir rein?“

„Genau! Mit dir, den Meisers, Klaus Herrmann und Max Behr.“

„Wer ist Max Behr?“

„Er wohnt in der WG von Klaus und Stefanie."

Sie stiegen aus und trafen die anderen am vereinbarten Ort neben dem Eingang. Keller verteilte die Tickets, er hatte alle eingeladen. Herr Haller war leider verhindert, da er sich einen Urlaub auf Sizilien gegönnt hatte. Hoffentlich konnte er auch abschalten, dachte Keller, denn da gäbe es für ihn sicher auch ein paar berufliche Ansatzpunkte.

Es war eine herzliche Begrüßung. Keller reichte Max Behr zuletzt die Hand. Er trug einen Schal und eine Mütze der TSG 1899 Hoffenheim, Klaus Herrmann hielt eine Vereinsfahne.

„So, lieber Max, vielen Dank noch mal für alles."

Keller umarmte ihn.

„Das ist eine Dauerkarte für alle Heimspiele der TSG Hoffenheim für diese Saison. Ich hoffe, du kannst damit was anfangen. Klaus meinte, das könnte dir vielleicht gefallen."

Max Behr nahm die Karte und schaute Keller glücklich an.

„Na klar kann ich damit was anfangen. Mensch, ist das geil! Vielen Dank, ich weiß gar nicht, was ich sagen soll. So schwer war's ja eigentlich gar nicht, was ich getan habe."

„Moment! Hier habe ich noch eine für die nächste Saison, aber die bekommst du nur, wenn du mir versprichst, so was nicht noch mal zu machen."

Max Behr zögerte einen Augenblick, legte kurz die Stirn in Falten und griff dann nach der Karte, die Keller abermals aus seiner Jackentasche gezaubert hatte.

„Na ja, ich denke, es wird ja auch so bald nicht mehr nötig sein, hoffentlich ...", antwortete er lächelnd.

„Selbst dann, Max. So was kann auch schiefgehen."

Die anderen schmunzelten, Max grinste verlegen.

Schließlich holten sie sich etwas zu trinken und gingen zu ihren Plätzen.

Als das Bundesligaspiel gegen Hertha BSC Berlin begonnen hatte, es stand nach vier Minuten schon 2:0, zog Nadine Keller am Ärmel und fragte ihn, was Max Behr denn so Herausragendes geleistet hätte.

„Er hat meinen Sonderbericht und alle relevanten Unterlagen über CC-784 auf einem Server der Europharma in Kraneks geschütztem Dateienbereich hinterlegt, bevor die Polizei kam. So haben sie ihm nachweisen können, dass er alles gewusst hat. Sonst hätten sie ihn vielleicht nicht in Untersuchungshaft genommen und er hätte sich abgesetzt."

„Und wie hat er das gemacht?"

„Na ja, Klaus hat gesagt, er hätte die ganze Nacht drangesessen. Er hat sich irgendwie in unser Firmennetzwerk reingehackt. Aber wie er das hinbekommen hat, keine Ahnung." Keller zuckte mit den Schultern.

Es war ein kurzweiliges Spiel auf ein Tor. Für die Hertha ging es nach einem miserablen Saisonbeginn bereits um alles. Trotzdem gewann Hoffenheim ganz zur Freude von Max Behr 5:1. Für ihn hätte der Nachmittag nicht schöner sein können.

Nach dem Spiel fuhren sie in ein kleines Hotel in der Nähe und verbrachten gemeinsam einen langen, herzlichen Abend.

Am nächsten Morgen verabschiedeten sich Keller und Nadine und fuhren in die Berge. Ihr Weg führte sie über den Arlberg, vorbei an den Abzweigungen, die Keller gut kannte: der Anrainerweg hinauf an den Fuß des Roten Kreuzkogels, die fast unbefahrbare Strecke zu der Alm von Bruggers Kumpel Franz und der Beginn der Fahrstraße zur Oberwiesler Alm. Keller erzählte ihr noch einmal die Geschichte seiner Flucht.

Sie passierten Bauernhöfe, Scheunen und Häuser, deren Fenster mit großen Blumenkästen geschmückt waren. Im Sommer hatten sie prachtvoll ausgesehen, voller Kraft und Leben, inzwischen waren sie zum größten Teil verblüht. Martin Keller fröstelte beim Anblick der verwelkenden Blumen, er dachte an den Tag vor über fünfzehn Jahren, als er noch einmal allein an ihrem Grab stand, eine Woche nach der Beerdigung. Die Blumengestecke, die noch auf dem Erdhügel lagen, unter dem man sie vergraben hatte, welkten damals schon und zeigten die unaufhaltsame, immer gegenwärtige Vergänglichkeit, die begrenzte Zeit, die letztlich allem Leben nur gegeben ist. Er hatte den Geruch der welken Blumen noch immer in der Nase, den herbstlichen Geruch der Fäulnis, den er damals wahrnahm, während er regungslos dastand und einfach nur vor sich hinstarrte, auf den Hügel, auf die verwesenden Pflanzen, die Kränze mit den Schleifen, auf das schlanke Holzkreuz, das in schlichten Lettern ihren Namen und die Daten ihrer Geburt und ihres Todes trug, auf das Ende eines geliebten und so wichtigen Teils seines Lebens.

Keller erinnerte sich auch an das Gefühl, das er hatte, als er ein paar Tage davor, an einem sonnigen warmen Dienstag im September, aus der Klinik nach Hause kam und seine Post aus dem Briefkasten nahm.

Er wohnte damals in seiner ersten eigenen Wohnung, in einem Altbau am Rande Freiburgs. Es waren zwei Briefe, die er bekommen hatte. Eine Rechnung und ein Kuvert mit einem Trauerrand. Er öffnete es auf dem Weg in den dritten Stock und las die Karte mehrmals, bis er sich schließlich einige Stufen vor seiner Tür auf die Treppe setzte und anfing, hemmungslos zu weinen.

Wir trauern um unsere geliebte Tochter und Schwester Antje Kern, die nach langer, schwerer Krankheit friedlich eingeschlafen ist.

Die Beisetzung fand am darauffolgenden Freitag in Bruchsal statt.

Bis zu diesem Zeitpunkt hatte er noch geglaubt, seine Antje eines Tages wiederzusehen, und dass es vielleicht irgendwann wieder so sein könnte wie früher. Es lag eine furchtbare Brutalität in der Erkenntnis, dass nun alles endgültig und unwiederbringlich vorbei war, eine Gewissheit, auf die er nicht vorbereitet war.

Nach der Beerdigung erzählte ihm ihre Mutter, Antje habe es nicht gewollt, dass er erfuhr, wie krank sie war. Er sollte sein Leben weiterleben. Noch zwei Jahre zuvor hatte er ihr Briefe geschickt, aber schließlich etwas verärgert aufgegeben, nachdem sie ihm nicht mehr geantwortet hatte. Sie hatte nach dem Unfall, er hatte es noch miterlebt, immer wieder unter migräneartigen Kopfschmerzattacken gelitten, bis diese eines Tages nicht mehr aufhörten. Schließlich war sie dann zum Arzt gegangen. Die Diagnose war niederschmetternd. Antje Kern starb mit siebenundzwanzig Jahren an einem unheilbaren Hirntumor.

„Was hast du, Martin?“, fragte Nadine. Sie hatte die Ergriffenheit in seinen Augen gesehen.

„Nichts.“ Er machte eine Pause und zwinkerte ein paarmal mit den Augenlidern. „Es ist gerade alles etwas viel für mich.“

Sie sah ihn mitfühlend an und drückte seine Hand.

„Wir sind gleich da. Du wirst sehen, es wird dir gefallen“, sagte er mit etwas gebrochener Stimme.

Bald darauf bogen sie nach Süden ab und schließlich noch mal rechts in das Pfalser Tal. Nach ein paar kleineren Ortschaften erreichten sie Pfals. Keller zeigte ihr das Sportgeschäft, in dem er übernachtet hatte, und den Sessellift auf die Pfalser Alm, aus dem er sich abgeseilt hatte.

Die Wälder hatten sich bereits herbstlich verfärbt. Weit oben über dem Tal thronte der Rote Kreuzkogel, weiß leuchtend im warmen Licht des späten Jahres. Es hatte oben schon den ersten Schnee gegeben. Sie fuhren weiter durch Niederkaltern bis hinauf zum Schusterhof. Josef Bruggers alter Mercedes-Geländewagen stand schon auf dem Hof. Er hatte seine Alm in der vergangenen Woche geschlossen und die Tiere ins Tal gebracht, die Saison war vorbei.

Sieglinde Schuster empfing sie an der Tür und bat sie, sich gleich in die Gaststube zum Kaffee zu begeben. Es duftete im ganzen Haus nach frisch gebackenem Kuchen. Der Tisch war festlich gedeckt und zwischen den reichlichen Kuchenstücken und dem guten Geschirr brannten Kerzen. Der alte Kachelofen verbreitete eine heimelige Wärme.

Josef und Hilde Brugger, Markus Schuster und Hias Steger erhoben sich, als sie eintraten. Keller war berührt und freute sich, Nadine seine treuen Helfer vorstellen zu können. Er beschenkte sie mit ein paar Flaschen Bodenseewein, den er einige Tage zuvor gekauft hatte.

Nach einem Spaziergang gab es am Abend einen vorzüglichen Braten, den Hilde Brugger zubereitet hatte. Dazu hatte Sieglinde Schuster wunderbare Käse- und Speckknödel mit Sauerkraut gekocht.

Hias Steger saß Martin Keller gegenüber. Er war frisch rasiert und trug ein gebügeltes weißes Trachtenhemd, dazu eine schwarze Hose und Haferlschuhe. Nachdem es ihm anfangs auffallend unangenehm war, Keller und seiner Freundin in die Augen zu schauen, taute er im Laufe des Abends auf. Keller bezeichnete ihn Nadine gegenüber als seinen Lebensretter und Josef Brugger bekräftigte das nochmals. Steger schaute verlegen und sagte nur:

„Wissen Sie, i hab das machen müssen, i hätt sonscht nimmer in den Spiegel schauen können."

„Ich sicher auch nicht, Hias, wenn auch aus anderen Gründen", ergänzte Keller. Die anderen in der Runde lächelten.

„Wir vermitteln den Hias jetzt als Führer im Ski- und Bergsportlädle. A bisserl was hat's scho bracht, oder?", warf Markus Schuster ein und schaute Steger an.

„Ja, des läuft ganz guat, dank schön noch mal."

„Na ja, vielleicht sollten wir dich auch engagieren, was meinst du?", schlug Keller vor. Nadine nickte zustimmend.

„Nein, Martin, lass mal. I geh gern mit euch, aber dafür will i sicher nix haben", entgegnete Steger.

Am Ende vereinbarten sie, sich im kommenden Sommer auf der Alm zu treffen und im Winter zusammen auf Skitour zu gehen. Keller dachte daran, seinen alten Freund Kurt Schubert mitzunehmen, mit dem er ausgemacht hatte, während dessen Europaaufenthalt im März eine Woche auf Tour zu gehen.

Es war ein ruhiger, besinnlicher Abend im Herbst und Steger hatte die ganze Zeit über kaum etwas getrunken.

Martin Keller und Nadine Mercier blieben nur eine Nacht und fuhren am nächsten Morgen das Tal wieder hinab. So sehr er diese Gegend liebte, so sehr freute er sich in diesem Moment darauf, etwas anderes zu sehen. Sie hatten weder einen Postbus vor, noch ein Motorrad hinter sich. Keller drückte Nadines Hand. Sie lehnte sich zu ihm hinüber und legte ihren Kopf an seine Seite. Obwohl sie noch unterwegs waren, hatte er das Gefühl, bereits angekommen zu sein.

Am Talausgang bog er zufrieden lächelnd rechts ab. Den Rest des Urlaubs würden sie in Italien verbringen. Martin Keller hatte ein Häuschen in Südtirol gemietet. Hier wollte er Nadine erzählen, warum er Arzt und Onkologe geworden war.

EPILOG

Die Gerichtsverfahren fanden im Januar und Februar des nächsten Jahres statt. Die Presse in Deutschland und Österreich berichtete ausführlich, seit Europharma Insolvenz angemeldet hatte und bekannt geworden war, dass der Todesfall und der versuchte Mord in den österreichischen Bergen offenbar im Zusammenhang mit betrügerischen Machenschaften der Firma standen.

Kranek legte unter der Last der Beweise wenige Tage nach seiner Verhaftung ein umfassendes Geständnis ab. Er belastete auch zwei weitere Vorstandsmitglieder so schwer, dass diese angeklagt werden konnten. Es handelte sich um den für Forschung und Entwicklung zuständigen Vorstand sowie den Finanzvorstand. Sie kamen allerdings mit milden Bewährungs- und Geldstrafen davon, da ihnen nur eine Mitwisserschaft bezüglich der Bestechung der Prüfärzte nachgewiesen werden konnte.

Dimitri Pimkin wurde verhaftet. Er erhielt wegen versuchten Mordes und einigen anderen Punkten, die ihm das BKA noch zur Last legte, fünfzehn Jahre Gefängnis. Der Auftrag zu einem Mord wurde hier einer selbst begangenen Tat gleichgestellt.

Dr. Werner Kranek wurde zu lebenslanger Haft verurteilt. Selbst bei guter Führung würde er frühestens nach achtzehn Jahren entlassen werden, da das Gericht in seinem Fall eine besondere Schwere der Schuld feststellte.

Prof. Strattmann und die anderen bestechlichen Prüfärzte, die Patienten ausgetauscht und Nebenwirkungen verheimlicht und damit das Leben ihrer Patienten aufs Spiel gesetzt hatten, verloren ihre Anstellung, behielten aber ihre ärztliche

Approbation. Sie erhielten darüber hinaus Bewährungs- und Geldstrafen.
Walter Rössle arbeitete weiter als Privatermittler. Dass er straffrei ausging, hatte er Martin Keller zu verdanken, der auf eine Anzeige wegen des aufgebrochenen Autos verzichtete. Im Gegenzug erklärte sich Rössle bereit, eine vollständige Aussage zu machen. Den Deal hatte Haller noch in Österreich eingefädelt.

Hias Steger wurde durch die Aussagen aller Beteiligter entlastet und seine Tat als Notwehr eingestuft.

Josef Brugger musste wegen unerlaubten Waffenbesitzes eine Geldstrafe zahlen. Das Gewehr seines Vaters wurde eingezogen.

Die tragische Geschichte von Antje Kern hatte Martin Keller seiner Freundin Nadine beim gemeinsamen Urlaub in Südtirol erzählt.

Seinen Heiratsantrag nahm sie am folgenden Tag an.

Martin Keller blieb schließlich bei Europharma, nachdem die Firma verkauft wurde. Nadine Mercier wechselte an eine Klinik unweit von Friedrichshafen.

Zur Hochzeit Ende Februar in Konstanz waren auch Josef und Hilde Brugger, Hias Steger, Stefanie Meiser, Klaus Herrmann, Professor Faulbacher und Kurt Schubert gekommen.

Martin und sein Trauzeuge Kurt verabredeten sich mit Hias Steger zu einer Skitour im März. Sie wollten ihr Ziel nach Wetter- und Lawinenlage auswählen und gemeinsam ein paar entspannte Tage verbringen. So lag es dann auch nicht an ihrer Planung, dass alles schließlich ganz anders kam.

ANMERKUNGEN

Die Namen der Orte Pfals sowie Nieder- und Oberkaltern sind genauso frei erfunden wie die der handelnden Personen. Gleiches gilt für die Handlung selbst. Obwohl die Zusammenhänge möglichst realitätsnah recherchiert wurden, gibt es keine Europharma und keine Albtraufklinik.

Auch existieren nach Wissen des Autors kein Roter Kreuzkogel, kein Mönchskogel und auch keine Oberwiesler Alm. Natürlich gibt es Berge und Touren, denen eine gewisse Ähnlichkeit nicht abzusprechen ist. Und es gibt einige Hütten und Almen in Tirol, in denen ein gutes Stück dieser Oberwiesler Alm steckt und deren Wirt etwas vom fleißigen, hilfsbereiten und bergbegeisterten Josef Brugger hat. Möge dies noch lange so bleiben.

Vielen Dank an Helga, Christian, Julia, Andi, Doris, Nicho und alle geduldigen Probeleser für aufschlussreiche Einblicke und aufmunternde Unterstützung.

Rother Bergkrimi – bereits erschienen:

ISBN 978-3-7633-7041-2

Tobs Thanner, der eigentlich nichts anderes tun möchte als bergsteigen und klettern, entscheidet sich notgedrungen für einen Job, der ihm, so hofft er, genug Freiräume lässt: Als Privatermittler will er sich um so lapidare Angelegenheiten wie das Beschatten vermeintlicher Ehebrecher oder die Rückführung eines gestohlenen Autos kümmern.
Doch gleich sein erster Auftrag wird zur Katastrophe. Der Fall lässt Thanner in tiefe menschliche Abgründe blicken und teilhaben an einer Beziehungsgeschichte mit grauenvollem Ausgang.
Hart, psychologisch fein geknüpft und mit einem melancholischen Grundton erzählt Stefan König diesen Krimi. Immer am Rand des Abgrunds – und dann auch darüber hinaus …